NEVER LAND

时光岛

Gong Xuanting / 龚暄婷 著

湖南少年儿童出版社
HUNAN JUVENILE & CHILDREN'S PUBLISHING HOUSE

联袂推荐

字里行间流淌着生命气息和文学灵感。暄婷创建社团、热心公益、享受旅行……读《时光岛》，我看到了一个格调清雅、充满艺术情趣，现在会玩、将来能跨界的阳光女孩。

李敬泽

著名作家、中国作家协会副主席

《时光岛》里的每一幅插图都含着理想，《时光岛》里的每一篇文章都弥漫芬芳，暄婷的每一个成长足迹都令人欣慰。

王跃文

著名作家、湖南省作家协会主席

思如泉涌的文字中流淌着亲情、友情、性情和才情；富有青春浪漫气息的《时光岛》让人憧憬美好的年少时光。

阎真

著名作家、中南大学文学院博士生导师

她做的事情比你想象的更酷，她看到的风景比你想象的更美，因为她在用心灵领略世界……

汤素兰

著名作家、湖南师范大学文学院教授

在《时光岛》里，你看到的就是雅礼学子的诗意生活和创意时光……为孩子的终身发展奠基，这是雅礼的办学理念。暄婷在雅礼文化的滋润下健康成长，绽放出青春的花朵。相信她，相信雅礼的孩子们，将拥有更加美好的未来。

刘维朝

特级教师、长沙市雅礼中学校长

Looking through this collection of compositions and sketches I reminded of the time I have spent with Xuanting. They are at once bright, full of life—yet also focused on probing and determined. I also see a talented young women who, through the use of a variety of media, seeks to better understand the world around her. I truly look forward to seeing how Xuanting will contribute to and shape the built environment.（看着这些文章和建筑图，我回想起了与暄婷共度的时光。《时光岛》作品灵感闪耀，富有生命力，凝聚着暄婷的专注和坚毅。同时我也见证了一个有天赋的中国女孩，通过多种方式，试着去更好地理解周围的世界。我坚信有一天她会为这个世界做出贡献，重塑她心中的建成环境。）

布雷迪·斯通

耶鲁大学建筑师

前言

方圆之间

在很长一段时间里，我想知道究竟有多少人能一手画圆，另一手同时画矩形。

于是我在学校里寻找不同的同学来完成这个实验。结果，只有不到百分之十的人能双手同步精准地做到这两件事。但让我觉得比这样的结果更有价值的是，几乎每一个受邀进行实验的人在前二分之一的绘画过程中，都能将圆和矩形画得与实际相差无几——接着大多数人便败在了圆出现的棱角和矩形的弯曲弧线上。

那些成功的人，我注意到他们在完成另外二分之一的过程中有所不同。比如稍微转了个弯或者放慢速度，我将之称为"独特性"。

我想这会是我一生中永远不会完结的课题——找到、认识、热爱自己的独特。

第三十一届中国化学奥林匹克竞赛，面对来自全省

各中学的竞赛佼佼者，我选择了鼓励自己认真完成那长长的试卷，而不是被困难吓倒。"它还有没有对立面？如果正面推理推不出来，是否可以用反面推理？"当时我如是想。舍弃第一次出现在脑海的常规方法，再延伸另一种思路，我不停地解构、重组、再构建，越来越着迷，就好像是一个收藏家，在面对一件难得的浪漫主义艺术作品一样。

我猜我绝不是最被寄予厚望的种子选手——我说的是当我坐在第十四届"叶圣陶杯"全国中学生新作文大赛的总决赛现场时。也许有人会说，"好吧，一个理科生，来参加作文大赛"，但这个理科生成为了那一届为数不多的全国一等奖获得者。也是这个理科生，在第二届"中华之星"国学大赛的初赛、复赛中脱颖而出站在总决赛现场上，最后夺得一等奖。还是这个理科，被选拔参加了北京大学第五届暑期学堂，并且出人意料地选择了艺术学，再一次打破了别人对理科生形象的固定印象——我以众画家背后的故事为切入口，导演并编排了一台综合话剧。

曾经有一次全英文辩论，发生在2017年首届"北外种子计划"人才选拔项目中。我们团队极为幸运地抽到压轴出场，但途中我们遇到了突发状况。主持裁判突然改变了二辩手的交锋顺序，事先准备的腹稿无法继续使用，恰巧我就是那个首先发言的反方二辩。气氛紧张到我能听见队员急促的呼吸声。我忽然想起了曾经有一位教授对我说的——找到对方的漏洞。我不断在脑海中重复着这句话，思考在陈述阶段对手说的每一条陈词和可能出现的思维盲点——想到这里，我举起桌上的话筒，我看见台下的教授和评委露出了惊喜的神情。

是的，打破僵化思路，这是我极为重视的能力。

因为我是一个理科生，但并非只是一个理科生。我试图在寻找除这一点外,生命中其他的可能性。我在寻找一种文学艺术中的逻辑美学,一种介于冰冷理性和炙热感性中的平衡。

正是我们做出的改变,使画圆和画矩形同时成为可能,成就了现在的我们。

身为医学教授的舅舅经常跟我说起一些疑难危重病人救治的事情,而其中医生在高铁上成功救助一名心跳骤停的病人的故事更是让我印象深刻,对我影响很大。于是两年前我成立了雅礼中学第一个医疗性质的社团——VITA急救协会。名字取自Vitamin的中文谐音"维他命",即维系他人生命。我知道协会也许没有什么深远的社会价值,但我还是这样做了。也许很多年后,我能看到我们的社员仍在为这个世界的生命延续做出着努力。作为首届社长,社团建立初期的确碰到不少问题,比如管理员选举、医疗讲师的招募、如何招新、如何宣传、讲座日期和地点选定……所有的事情都一股脑儿堆在当时毫无经验的我的手上。这在意料之中,我也并不被其他人看好。所以我第一次奔波于各药房、社区医院,用三寸不烂之舌打动药剂师同意为我们宣讲;第一次设计海报和社团印章到凌晨;第一次意识到团队的巨大能量——当时班上几乎所有同学都在帮助我,是他们让我从临近崩溃中抽身,一起站在招新桌前大声宣传我们的社团。我不是最会施展个人能力的社长,但我是在管理层之间发生矛盾时懂得让我的社员们信服的那一个,敢于带着我全部的社员穿梭在校园里,拿着海报一遍又一遍宣传"你知道每天世界上有多少人因缺乏急救常识而非正常死亡吗"的那一个。时至今日,我还在回想当初与团队合作的场景——我们是如何做到别人以为我们永远不可能做到的事的。站在雅礼千人报告厅的镁光灯下

时，我不仅仅是以前那个煽情的主持人、舞蹈表演者或者歌唱者。接过"十佳义工"的奖状，我想起一句话，"雅礼社团人，永远年轻，永远热泪盈眶。"

我很欣赏扎克伯格的一句话，"你以为很多人都在改变世界，但他们并没有，而你会。"是的，你会，哪怕只是改变一点点。

回想在美国做交换生时，我向我们的伙伴和寄宿家庭描述我美丽的祖国和美丽的家乡。在为七年级同学上课时，我上了一堂旗袍课，其中一个环节就是每个孩子都以回答问题的方式获得我从中国带去的民族风礼品。我认识了一个叫作 Abbigal 的金发女孩，并让她穿上我自己亲自设计的旗袍走秀。在美国做交换生的日子里，我发现了世界的广阔。Jaden 的爸爸 Brady 带我们去他的工作室，送给我他珍藏已久的建筑书刊。"如果你有梦想，那就去完成，因为很久以前，我的朋友都觉得我将一事无成，"他认真地看着我，然后笑了，他指了指桌上的设计稿，"但你猜后来怎么样，我考上了耶鲁大学的研究生。而现在，我和我的团队在设计耶鲁的新建筑群。"

在速写本上，我写过一句话："你需要一个，像我这样让你情不自禁说'酷'的伙计。"

回顾我之前做的那个实验，我一遍遍地思考，那些成功者为什么能完成挑战。我拿起笔，开始双手同时分别画圆和矩形。我清楚手会出现偏差，但我并不惧怕错误。事实上，我们做每一件小事、每一件足以影响我们人生的大事，都可能碰到困难，但这并不妨碍我们开始行动。

我很开心，我是之前那个实验中能双手同时画圆和矩形的幸运者，理性与感性并存是我的快乐。

　　如果我们无法用顺时针方向来同时画圆和矩形，那为什么不试试逆时针呢？

　　我在用我的行动撕掉所有贴在我身上的标签，以一种无声的方式向所有人宣言——这个站在你面前的大眼睛女孩，并不仅仅只是你以为的那样。

　　谨以此书，献给我的少年时光，献给所有爱我和我爱的亲人、老师、朋友……

龚暄婷

2018 年 6 月

目录

第一章　作业本上的橙子水渍
Chapter 1　The orange stains on the homework

第二章　地图册上的红圈

Chapter 2　The red circle on the map

第三章　借一下你的橡皮擦
Chapter 3　Could I use your eraser

第四章　我有一支马良牌钢笔
Chapter 4　I have a Maliang brand pen

第五章　我差点忘了告诉你
Chapter 5　I almost forget to tell you that

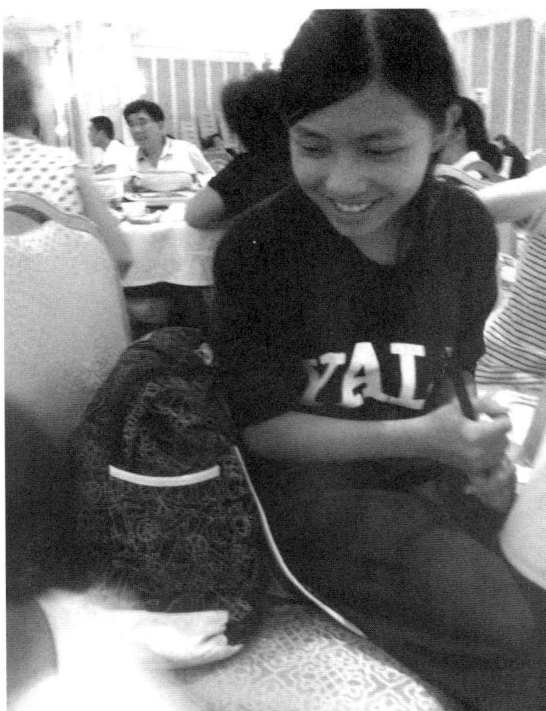

第一章　作业本上的橙子水渍

Chapter 1　The orange stains on the homework

爸爸的脚步

爸爸是一个大忙人，总是早出晚归。说来也怪，我能读懂爸爸的脚步，准确无误。

有一次，家里来了许多客人，可是等了许久，总不见爸爸回来。整个屋子里熙熙攘攘、闹哄哄的，客厅里更是喧闹无比。突然，我大声说："爸爸回来了。"霎时，鸦雀无声。一位阿姨与其余人对视后吐出一句："这孩子幻听了。"

"没有，我爸爸回来了。"我的回答大声而铿锵。

随后，我走到门口，打开了门。一分钟、两分钟，没有看见爸爸的身影。阿姨把门关上，我又倔强地把门打开。过了两分钟，从楼梯底层隐约传来一阵节奏均匀的脚步声。渐渐地，那声音愈发清楚，而楼道里的感应灯一盏盏地亮了。

是爸爸，他回来了，他出现在我们面前。

此时，我得意地回头看了一眼客人们。客人们顿时目瞪口呆，我于是又听见一句"这孩子有顺风耳的特异功能"。

是的，我就有这个特异功能，但是只针对我爸爸。爸爸很忙、很少在家，但是我似乎总能感应到爸爸在哪儿、在干什么。我还能从他走路的脚步声分辨出他的心情；有时他会一路轻快地小跑，这时我知道他今天很开心；有时，我能从他皮鞋磕碰地板的声音知道他有几分郁闷。

深夜，我睡得很沉，可是忽然蒙眬中似乎听到爸爸的脚步声由远而近，一轻一重，似乎打着踉跄——噢，他又喝醉了。声音若隐若现，像风声要淹没了它。又过了一会儿，声音逐渐变得清晰。我赶紧叫醒妈妈，说："爸爸回来了，而且喝醉了。"妈妈是极度相信我的，而且她也能预感到爸爸的踪迹。她点点头起身开门。一会儿，爸爸果然大摇大摆走了进来。我放心地闭上双眼，继续做着美梦。

在这个小区中，住着上千个人，有上千种脚步声，而我总能在几百米以外就能笃定地辨出爸爸的脚步声。有时我想，爸爸应该要回来了，不一会儿，他就真的出现在我的眼前。

也许，这就是人们常说的父女连心吧。

父爱的方式

记忆中，爸爸在我小的时候就喜欢叫我"儿子"，我也稀里糊涂地欣然接受了。他最爱说"儿子，你什么时候才长大呀"或者"儿子，你什么时候到二十岁啊"，他一边说一边用粗糙的手来捋着我的头发。

爸爸喜欢让我和他比高。若是长高了，他便会很高兴，说："儿子，又长高了，看你将来能不能超过爸爸。"若是没长高，他便会一脸的不高兴，说："儿子，你没长高啊。"

爸爸口口声声中的"儿子"其实是个货真价实的丫头。作为他女儿的我，也习惯了听他用圆浑而略显沧桑的声音呼唤我为"儿子"。我的身高超越他，仿佛成为他的一大梦想，而爸爸一米七几的个头，我高过他的概率太小。

他迫切地想要我长大。

爸爸公务繁忙，经常去世界各地出差。我总是在他临行时嘱咐一声："爸爸，记得给我带东西。"他总会慈祥又怜爱地回答："好，乖儿子。"

每次我苦苦等待他回来，一放学回家便见到他风尘仆仆地提着大箱子，一进门，他就会说："乖儿子，你瞧我给你买了什么？"而他所说的好礼物无非就是一些我已经穿不进去的特色小衣服，一些我已经玩腻了的男孩子的小东西。这时，爸爸会说："儿子，你看看，多好的东西，这么多。"我总是撒手，气呼呼地说："你买的东西……"

是啊，我已经长大了。是不是我长大了，就不是那个"儿子"了？爸爸不是那么希望我长大吗？

爸爸很尴尬地站在箱子旁，平时都柔和对待我的他，居然发了火。

"儿子，瞧你小时候多听话，现在怎么这样了？"他有些无奈而愤怒地说。

我没有回答，也许是赌气，也许是语塞。

后来，爸爸把那些他买回来的世界各地的特产、小礼物都用一个大屉子装了起来，或许那里面藏着的是他对我小时候的怀念和回忆。

他无限地珍惜着、留恋着从前的时光，但是他也无限期待我能一瞬间奇迹般地长大。

我相信这是一个爸爸最衷心的两个心愿，我相信这是他爱我的独特方式。

我喜欢听他叫我"儿子"，也喜欢跟他比高。

他喜欢别人夸我长得和他一模一样，也喜欢我对他说："爸爸，你看我快有你高了。"

因为他是爸爸

在我开始懂事的时候，爸爸就开始锻炼我的意志，塑造我的性格。

他似乎对刚出生的我是女孩这一现实有些失望，所以他使尽浑身解数来使我成为一个拥有男孩子般性格的人。

他喜欢把我扯到阳台上，抓着我的脚让我悬空倒立。我十分难受，但又很喜欢他这种"魔鬼式"的训练。因为我很享受那种被他的大手高高举起的感觉，心中颇有些天之骄子般的傲人姿态。他将我托起，是因为他希望我能像那羽翼渐丰的雏鹰一般腾空而起。看我腾飞是他的乐趣。

当他明白我已经是那即将要向蓝天展翅的雏鹰时，他开始塑造我的人格。

爸爸在我还很小的时候便开始培养我自立。那时他经常在我的腰间系一根拖绳，想要什么都得自己去拿，想干什么也只能自己去尝试。这些，在当时婴儿肥未消、还穿着宝宝棉衣的我看来，似乎早就成了家常便饭。而此刻的爸爸只负责一边拍照一边远远跟随。

摔倒了必须自己爬起来，凡事都只能自己解决——这是爸爸一贯的行事作风。当别人家的小孩还在撒娇要抱要背时，我被欺负了，就算眼泪哗啦啦流下来向爸爸诉苦，他也一副无动于衷的模样。爸爸总会漫不经心而有些恼火地说："眼泪是弱者的专利，强者从不会为了一点小事这样，别人怎么欺负你都只能说明一个道理：你太没出息了！"而我通常也会对爸爸的义正词严不寒而栗，发誓下次不再落泪。

就这样，我再也不被欺负，再也不轻易落泪。

时间一晃过了几年，我长大了一些，爸爸便开始带我去体验各种刺激或艰苦的活动。从飞椅到大转盘，再到海盗船，然后是跳楼机。爸爸总是连哄带吓地将我逼上设施，然后站在我的座位下方远远地注视着我，露出坚毅的笑。不知道为什么，我的性格中总带些喜欢刺激不畏冒险的成分。

时间罗盘一转就到了现在。我长大了，爸爸反而不再喜欢锻炼我，而是总带我去参与一些要琢磨才能弄懂的事。一次，他将我送到机场，让我独自完成登机手续，然后意味深长地打了个招呼说："一路上自己多思考，小心安全，再见！"然后头也不回地走了。于是，我便独自一人坐飞机换乘地铁，完成了我十二岁游上海的壮举。

我明白这是他对我的塑造，他用这种潜移默化的方式告诉我：以后的路要自己慢慢走。

我改变了独行的色彩

> 我不知道人独自行走在黑夜中会不会害怕。
>
> 我知道人独自行走在黑夜中时,看到光就会坚定地走下去。
>
> ——题记

很小的时候,爸爸就喜欢带我去探险。去一条幽谷中的小溪探险,去一间面临拆迁的房子探险,抑或是去一条从花园开始的迷宫般的长走廊探险。

我总是想着,爸爸就是我的星辰。有他在,我就觉得月朗星稀。

爸爸说:"孩子,你从这里去一个你从未去过的地方,一定要记住,一个人走的时候,一定会看到光。"

那时,我太小了,听不懂,就说:"是不是爸爸在后面打着手电筒呢?"

爸爸说:"不是的。"

我任性地说:"就是的!就是的!"

自那以后,爸爸就开始不开手电筒带着我在黑暗里冒险。即便是这样，我依旧觉得"一个人行走"是黑色的。

后来，爸爸忙于工作，就不带我冒险了。而我，还是喜欢幻想在黑暗中冒险。

有一次，我被老师留到很晚，爸妈又都不在家，我只能一个人回去。回家的必经之路上有一座立交桥，桥洞里是流浪汉的栖所。我佯装镇定地踽踽独行在桥上。耳边全是风声，飞驰的车从桥上驶过，行道树微笑着后退，摩托车的发动机声猖狂地在黑夜中叫嚣。

我吓得小跑回去，眼前是一片漆黑，全身发抖至麻木。我告诉自己，镇定镇定，可心脏还是疯狂跳动不减速。

爸爸说过，一个人走的时候一定会看到光。一定会有光。

我开始找光，一直跑，直到一盏高高的路灯迎接我的到来。它让四周空荡荡的黑夜变成了温暖的白昼。我找到了光。

事后，我把全部经过告诉了爸爸。我说："爸爸，我真的找到了光。你改变了独自一个人行走的色彩。"

爸爸抿一口茶，意味深长地说："是你改变了独行的色彩。因为，你选择了走下去，去找光。"

青团拨动了我的心弦

家乡的青团大致是这样做的，做几个糯米团子，然后将它泡入茶水，再用新鲜的荷露蒸熟。

外婆很擅长做青团，我也十分迷恋那开锅后的浓浓茶香。每次过节，外婆都会亲自做青团，我和妈妈就守在锅旁。外婆把蒸熟的青团用一片大的新鲜粽叶包好，递给妈妈，之后又交给我。

青团很甜，外婆会在那白白胖胖的团子里包上剁碎了的梨子馅或者其他果肉馅。小时候的我总是喜欢猜，那个糯米团子里包的是什么馅，而结果总是让我欣喜不已。

外婆是个很慈祥的老人，她总是对我十分依顺，而青团，也陪我走过了很长一段日子。那个时候，虽然家庭条件并不宽裕，但隔三岔五总是会闻到青团那清新的茶香。

后来我长大了，家也从那个三室两厅换成了现在的大房子。我上小学了，也不会每天再有时间去外婆那里吃青团了。

但是外婆依旧会托妈妈把青团带给我。解开粽叶，里面一定会是四个圆胖胖的小团子，青色的，散发着沁人心脾的茶香。

时间一晃又过了六年。外婆已是花甲老人，但是青团依旧会准时准点出现在我想要它出现的时候。这种味道，会让我想起江南水乡的一份烟茫茫雨蒙蒙。

有青团的日子，清明静好。这一年，小表妹出生了。可爱的小东西渐渐长大，于是外婆也开始给她做青团。小表妹用小小的牙齿咬下一口，我想，这时候她的嘴里应该是茶香四溢的吧？同时，我也看见外婆那充满怜爱的眼神投向的不再是我，而是那个小小的人儿。青团，也不再是我一个人独享的了。我开始留恋外婆给我做青团让我独享的日子，怀念得痛心。

后来去了几次乌镇，也有卖青团的小贩在青石板街吆喝。买了几个，咬下一口，虽是茶香，亦含古韵，却不是外婆做出来的那种感觉。

虽然我明白外婆的青团不见得是最好，但那是最真挚的一份亲情。

远处，有乐馆女子在弹古筝，丝丝缕缕。我知道，将来我们家还会有更小的弟弟妹妹出生。外婆，会用她给我做青团的双手继续为她的孙儿孙女们做着各种口味的青团。

中国名片

爷爷的知名度源自他的收藏爱好。街坊邻居都知道他有几个不寻常的匣子，爷爷也为自己的这些宝贝备感骄傲。这天，他又带着我和表弟来到书房炫耀他的宝贝。

他小心翼翼地捧出那个精致的匣子。匣子是用上好红木做的，岁月的沉淀让它有些磨损，但仍旧一尘不染。扳开匣子的开扣，手里就像攥着一本布满风霜的书，一列列摆放整齐的收藏夹映入眼帘。取出一本，翻开，里面是一大沓人民币，面值有一分、两分、五分、一角、一元、两元、五元……有些边角已经不再完整，有些颜色陈旧，有的排号已经看不清了，有的图案也变得模糊了。

爷爷又掏出一本，里面是一册册薄薄的小夹，夹着许多花花绿绿的粮票、肉票、布票、煤票。

爷爷拿起一张粮票，一本正经地说："你们知道吗？那个年代，吃饭、买肉、买布都要凭票呢。那时候，爷爷总是期盼过年能穿件新衣裳，能吃顿热腾腾的饭菜，能夹上几口肉……"爷爷沉浸在对往事的无限怀念中，他花白的胡须微微颤动。

"你再看这几张一分的，在爷爷小时候，一分钱足以买几个麦芽糖、几块冰糖、几根甜丝丝的冰棍儿呢。"

"你瞧瞧这个，这本集邮册，可是我的宝贝——看，这是《天安门图案》邮票，这是一九七六年的邮票，这是一九九二年的邮票……"在爷爷的讲述中，我们翻阅着、品味着，从《开国大典》《猴票》《香港回归》到《北京奥运》，仿佛在新中国的发展史中遨游……

"这可是我们家的传家宝！"爷爷自豪地说。

我跑进自己的屋子，拿出我自己的那本收藏册，高高举起它——那里面是琳琅满目的图片，分门别类地排列着，每一张都透着国家的活力。

这下，轮到爷爷目瞪口呆了！

不必说各类国产改良飞机的英姿，也不必说那些呼啸着的战舰的魅力，单是歼-15舰载战斗机的威风就已经让祖孙俩大开眼界了！

爷爷甘拜下风地说："孙女，你这些才真是我们家的传家宝啊。"

"不，这是中国名片，正是它们，见证了中国的发展！将来的中国会更威风！"我郑重其事地回答。良久，十岁的弟弟壮志满怀地说："你这些不算什么，我将来要设计出一架无人驾驶飞机！二十年后让我的儿子来收藏！四十年后让我的孙子来品味！"

祖孙三人沉浸在无尽的快乐中，这快乐，源自一个即将实现的中国梦。

我在奔跑

我就这样，奔跑在逐梦的路上。

那一年二月的寒冷似乎更胜以往，我踏着厚厚的积雪又一次走出培训部的大门，脚上只套着一双薄薄的靴子。脚已经被冻得毫无知觉，脸色发紫。

妈妈已经等候在门口，她与我一样，冻得满脸惨白。

她没有多余的话，只是拉着我坐在长椅上，脱下自己的外套罩在了我的身上。

我抓住妈妈的手，欲言又止。

妈妈抢过我的话，说："记住你自己的选择，你一定能行！"

我回想起前天晚上母女俩的对话——

"你的目标只有一个，你必须进那所你理想中的初中，你有两个选择，一个是尝试托人去找关系，另一个是你自己靠实力考进去。"

"我不愿意走后门，我要靠自己的实力考进去！"

妈妈笑了，是一种说不出的快乐。她抱住我，久久不松开。

良久，她说："妈妈相信你，你一定能行！"

于是，为了我的理想，我开始奋斗。

我愿意花时间去钻研一道道难题直到弄懂。慢慢地，我能解出许多别人不能解决的难题。回头看看自己，好像进步了许多。

当然，也屡次失败，而那时，妈妈就会在耳畔一遍又一遍地鼓励我。

"你能行！"

"你真棒！"

有了这些动力，我再也不会停滞不前。我开始自觉攻难关，开始不断反思，也开始看见妈妈脸上有了笑容。妈妈有一张动人的脸，她笑起来总让我陶醉。

后来，我终于如愿以偿，考上了众人所憧憬的那所初中。没错，我是靠自己的实力考进去的。

"你能行！"妈妈的目光中流露出无尽的和悦，她说这些话时语气那么温柔又那么坚定。

"我能行！"我就这样带着妈妈的信任和嘱托，奔跑在挑战自我的路上。

我跑赢了！

我就这样，奔跑在成长的路上，妈妈的目光把我前进的路拉得更长更远……那一年，匆匆而过。

珍味面馆

南方冬天的早晨里，仿佛空气里都是冰碴子。

一起床，看到家里有大片大片白茫茫的雾气，便知道奶奶又在忙活了。一个白色底青釉瓷的碗盛着缠绕得整整齐齐的面，几棵青菜浮在拌了稍许牛肉的面条上。

我囫囵敷衍几口后，道声别便背起书包下楼了。

学校门口有一家名为"原味面馆"的面馆。几十平方米的空间摆了七八张桌椅。面带笑容的老板娘穿梭于面汤的雾流中，在油漆剥落的柜台上翻着账本，不时和往来的人打招呼。

不知为什么，我宁愿到这里来，也不愿在家里坐在沙发上舒服地吃奶奶做的面条。

奶奶是个极其寻常的农村妇人。且不说做菜手艺如何，光是一口常德乡音便让我食欲减半。所以我宁可去面馆享受热乎乎的清汤挂面，也不喜欢在家里吃同样热乎乎的杂烩面。

我向她夸耀："学校门口开了一家面馆，味道很好！"

于是，她开始旁敲侧击地问有关面馆的事。

　　她问我面馆的面放什么。我信口开河说土豆和肉泥。于是第二天我的早餐里出现了炸土豆块和肉泥。

　　她问我面馆的佐料是什么。我漫不经心地说是胡椒。第二天我的早餐中便出现了一大把胡椒。

　　她问我面馆的面热不热，我不假思索地说是温的。第二天我的早餐的面上层热下层冷，面糊在了一块儿。

　　我还是会敷衍了事，面对她的满腔热情和一口常德乡音，我无言以对。

　　不知哪一天，奶奶找到了这家面馆，她时不时也会来这里和老板娘讲上几句，然后每天晚上跟我分享心得。

　　后来，奶奶做的面里依旧有土豆块和肉泥，有成片的胡椒粉，有糊在一团的面。我从小学升到了初中，面馆也就慢慢从记忆中淡化了。

　　而我每天不得不吃那令人"窒息"的面。

　　但是，她再不懂土豆炸后没有营养，再怎么前后鼻音不分，可她毕竟是我的奶奶。

　　因为她会尽力做得让我满意，尽力不让面腥味儿出来，尽力把她能做的做好。

　　原汤面馆的面是一种普通的食物，而奶奶做出来的面则是一种最原始最本能的爱，这是我心中最珍贵的东西，是所有面馆敌不过的。看过度薇年的《珍味面馆》，我想，奶奶就是我心中的"珍味面馆"。我也许遗忘了很久，但是那种爱的温度，一直都在。

花棉布，我们去哪儿

外婆是个天生的裁缝，她做裁缝的手艺和她做中学老师的造诣一样有名气。

她最喜欢给我缝一件件用棉布做成的小衣服，尤其是当季小棉袄。她做的棉袄和买的不一样，好几层厚布缝在一块，中间夹着新出的棉花，轧上方格子，摸上去又软又舒服。花色是那么的多，有条纹的，有碎花的，有动物图案的，有时还会有各种星星点点的小装饰。至今我都不明白，在这个飞速发展的城市里，老人家是从哪个角落里找来那么多花花绿绿的布。

忘不了三四岁时围着外婆脚边绕圈的时光。外婆脚踩缝纫机，我也胡乱踩踏板。缝纫机吱呀吱呀地响，为外婆哼着的小曲儿伴奏。外婆的手儿巧，有时会变戏法似的把一件旧了的大人衣服拆线，然后精细地做成一只布书包或是一件小棉裤，有时兴起还会做成一只棉布兔子或者小熊。

布鞋和棉裤实在太多了，于是妈妈便帮我把它们收在衣柜里。久而久之，这些略显土气的东西被压到了箱底，只是偶尔翻动那或红或绿的东西时才会时不时露出。

外婆生性乐观豁达，待人和善，后来有了弟弟妹妹，外婆又改做了好多棉布小玩具。橱柜上放着一只花布狗，阳台上的花盆边蜷着一串花布毛毛虫，卧室里游着一条布金鱼。虽然这些落后于潮流的布制东西与高档的胡桃木家具格格不入，但那是我们五个小孩最原生态的玩具。外婆戴着一副金丝镶边的老花镜，一边为缝纫机上机油，一边还时不时一脸慈祥地看着我们五个孩子为争这只棉布小猫而斗嘴，为抢那只棉布小猪打闹。

她也不指责我们，只是静静地、温和地为我们做一个又一个的布玩具。

后来，爸爸妈妈因为上班不方便搬离了原住处，表弟表妹的父母各自搬了新家。外婆住在了表妹家。那些布小狗啊，绒小猪啊，麻小兔啊，突然一下就凭空消失了，我哭闹着要去找它们。

爸爸妈妈对我说不要找了，我虽有百般不舍但也没花工夫再去寻找，只是在心里默默怀念着它们。

后来长大了，外婆依旧常常来看我，给我带水果蔬菜和一套套棉布衣物。

那些带着外婆手温的布小猫、布小狗、布小兔，你们在哪儿？我好想跟你们一起玩耍。

看见

"你往前一直走，一直走，从家到车站，路过那个小山坡，看到那个酒店，绕过立交桥，你就到公交车站了。不要怕，妈妈会一直看着你。"

那时是上午八点十分。

我不明白，隔着那么远，妈妈为什么能够看到我。

下楼时，我忍不住回头往家看去，清晨的日光把她雪白的肌肤照得几近透明。妈妈一只手倚在门上。长年未取下过的玉镯与金属碰撞的声音提醒我该走了。她朝我挥挥手，我在匆忙转下楼时用余光扫过她立在门口的颀长身影，直到我到了一楼，才传来了轻轻的咔嚓声——妈妈把家门关了。

意识到她还站在楼顶时，我已经走过翠色欲滴的小山坡，在卖烤红薯的吆喝声中悠然走进市井。我正在经历着每一天必将经历的普通又美好的时光。

酒店还没有正式营业，但穿着正式的迎宾姐姐们正向我挥手。我猜妈妈一定是踩在了废弃砖块上，踮着脚，双手撑在栏杆上，像小孩子一样伸长脖子。她似乎一直没有移动半步。像这样的站姿，我只能勉强看清我家附近那几幢不高的单位房。

　　立交桥下面，视线被挡住了，我回头看不到妈妈。我想起小时候妈妈带着我在这附近散步、捉迷藏。我知道，妈妈一定还在屋顶上远眺我，我立刻深呼吸，极力让自己淡定。

　　小轿车在马路上呼啸而过，黄色的路牌被日光照得发亮，我下意识地侧目到那抹细微鲜艳的红色长裙所在的方位——其实早就看不见了，因为我拐了好几道弯，但是我却似乎清清楚楚地瞧见了她。而她，分明也在用她贤淑的眼睛目送着我。

　　这时是八点二十分，我低头看了看手表。

　　这十分钟，我与妈妈心灵相通。只是短短十分钟，却是最深情的"注视"。

我的生活花絮

　　人生不会因为幽默而狼狈，反而会充满快乐；一个阳光的人，会把他的快乐传播给身边的人。

——题记

一、健忘

　　我是个健忘的人，常常穿上鞋子又忘了穿鞋子，刚要说的话舌头一卷，还没开口就忘了。这不，我赶着出门，去上奥数课。

　　匆匆忙忙，我上了车，马上就要迟到了，我急得直跺脚。我无奈地坐在座位上，心里总觉得落了什么东西。是不是书忘记带了？没有啊。是不是钱忘记带了？可是口袋里明明躺着一张五元的钞票呀！难道忘记穿鞋子了？我低下头，只见鞋子正稳当地穿在脚上。

　　我正疑惑，已经到站了。我急忙下车，奔向培训楼。楼道里空荡荡的，一反常态的宁静。教室和办公室的门紧锁着——我的脑海里忽然闪过一个念头：原来今天压根没有课！我白跑了一趟，真是个大糊涂虫！我哈哈大笑。

二、吹牛

　　我喜欢说大话，牛皮吹破后又不会找借口自圆其说，用"搬起石头砸自己的脚"来形容我再合适不过了。

　　外婆生日，我买了一个大蛋糕以示祝贺。

　　我把切好的蛋糕，盛上一块送到外婆手中。外婆夸我能干伶俐，旁人也附和。这一夸，把我捧上天了，我春风得意，满脸喜悦。那惯有的吹牛劲又来作祟了。我夸起海口来，说自己可以围着桌子一口气转十圈。我手捧一块蛋糕，边吃边转。渐渐地，我瞧着天花板的花纹越来越模糊，头晕目眩。我扶着椅背，倚着靠垫，昏昏沉沉。一个转身，我跌到地毯上。我人倒没事，可手里的东西早已摔得脏兮兮了，那毛茸茸的地毯上沾满了蛋糕的奶油。更糟的是我的手上、身上沾上了那浓稠的奶油。跑到卫生间，一照镜子才发现，我的脸已成了花猫脸，奶油、水果、蛋糕糊成一片。我哭笑不得，这次第，怎一个惨字了得？

　　众人哈哈大笑。

何以解忧，唯有向阳

太阳花初绽，朝着还不够火红的太阳。只要见到朝阳就高兴的它早就忘了昨日的风吹雨打。此刻，有快乐，就足够了。

我徜徉在金色的太阳花花海中。似乎每朵花都拜倒在太阳的光辉下，谨慎而虔诚地敬仰着它。这里人迹罕至，可对太阳花来说，它们并不稀罕玫瑰的温室，只要有太阳，就有了一切。

当时，我以为它们是没有心的，但是后来，我改变了看法。

曾经"叱咤风云"的我，却在最简单的一次演讲中失败；曾经以为有了成绩就有了一切的我，却在最有把握的考试中名落孙山；曾经以为只要真心就会有知音的我，也会被朋友误解冷落。

好像一切，都变了。

我突然开始羡慕太阳花的生活，羡慕那种知足常乐的生活态度，羡慕花朵向着太阳的那种安逸。

可是羡慕又有什么用，每天听着同学的闲言碎语，一次次地忍让。我觉得自己好累，直到有一天碰到了小小。

小小是一个开心果，每天像个没心没肺的小疯子。而她的不食人间烟火的性格总能带给我一些欢乐，我问她："你怎会这么快乐？"她说："忘掉烦恼，当作什么都没有发生过。"我又问她："怎么忘？"她笑了，说："你不快乐的时候，朝着太阳深呼吸，把坏心情置换掉。"

我恍然大悟，又想起了太阳花。

如果尘世不单纯，就让自己快乐吧，忘掉所谓的忧愁。多好。现在，我才明白太阳花不是没有心，它一直用心在快乐着、轻松着。

如果不能哭，就笑吧；如果不能摆脱，就忘掉吧。现在我要做的，就是忘记忧愁，让自己快乐。我走出屋子，看着天上的太阳——它正朝着我笑呢，我想做一朵太阳花。

记得有人说："何以解忧，唯有杜康。"我想说："何以解忧，唯有向阳。"

24/2/2017
Germany. Berlin.

在爬满常春藤的日子里

那一年，我六岁。

我家的老房子外墙是一面爬满常春藤的墙。墙呈棕黄色，显然已经经历了好多年。常春藤错落有致地交织在一起，掩住了斑驳而几近脱落的棕黄色的墙皮，像一个老人用一种年轻的神态掩住自己老去的容颜。

常春藤真如名字一般四季郁郁葱葱，即使是在炎热的夏天，也能绿得沁人心脾。

它生长得那么好，好到我们都以为它是主角。

我和几个同龄的伙伴在那片绿色的树荫下玩耍。有时我们会躲进它庞大的身躯里，有时我们会顽皮地摘下一条藤蔓，编成一个环。

它溺爱我们，和蔼地宽容我们。

我摘下幼小的芽，轻轻地将它种入一片湿润的土壤中。然后执着又天真地希望，在那一天，它会长成一大片的常春藤。

多么美好而天真的梦。

光阴荏苒、岁月流逝，我和小伙伴都长大了，各自上了不同的小学，各自有了自己的朋友。

我不知道他们是否还会记得我们不懂事的时候，在那片绿油油的常春藤下，一起嬉戏、一起大笑的场景。

此时的常春藤顿时有了一种陌生感。现在，我只能远远地看着那片绿色以及一群三四岁的儿童在嬉闹。

我走到曾经种下常春藤芽的地方。几年过去，它却丝毫没有动静。当年的痴心妄想在现在看来竟如此可笑。常春藤的梦想，似乎已经破灭。

也许，它在另一个地方发芽、生长，最终长成了一片纯净的翠绿。

后来，我们家搬走了。再后来，那栋楼被拆了，建成了一座简易的游乐场。

美好而愉悦的儿时故事已成回忆。

但随时随地，一想起那满墙的常春藤，我就会想起我的六岁，我的伙伴，我已逝的童年。

少女病

我是在很久之前开始发现我妈的"少女病"的。

我买一杯奶茶，她要点一杯；我买一件白色衬衣，她要一件紫的；我买一份手抓饼，她要增加两个培根。

我妈说，你在这个世界上的样子，由你决定。

她绝对脱不了"扮嫩"的嫌疑。粉红色的毛衣，肉色的连裤袜，蓝色闪亮的钻高跟鞋。本来就白皙的脸又被涂抹了一层化妆品。聊QQ、发微信、晒朋友圈，样样不含糊。

她的钱包里有我的大头贴，手机屏幕是我的艺术照，QQ头像是我的自拍，好像我是她的一张名片。

每天中午，我妈准时在十二点半打电话给我。每次听到电话铃声之前我都要做好心理准备，然后才敢按下接听键。

电话那头我妈娇滴滴的声音又轻又柔，第一句要么是我的小名，美其名曰"昵称"，要么是撒娇一般但是威慑力强、气场大的一句"鬼仔"。电话基本三个内容："你吃饭了吗？准备睡觉了吗？今天开心吗？"要是多了一点，绝对是有关服装、化妆品的问题。

有时候我觉得她像患了一场失忆症的少女。

有次我和她去看电影，她选了《金陵十三钗》，我偏选其他片子。她送我进场的时候塞了包纸手帕给我，还嬉笑道别说："哭了你自己圆场。"然后我听见她脚下的高跟鞋噔噔地响。

最后我出来时哭得稀里哗啦，两袖都是泪水，我掏出那包蓝色的纸手帕。包装纸上写着："给自己一个承诺，总有一天会实现你那小小的世界环游梦想，所有的你都由你来决定。"看着这段文字，我一下子又哭了起来。

离我妈看的电影放映完毕还有一段时间，我在空荡荡的 D 大厅徘徊，敲了条短信发给我妈。平常回的速度飞一般快的妈妈，这次没有及时回信，我此时好想念她平常嗲声嗲气的语调，希望在我的手机上出现"美少女，你看完了呀？在门口等哦"之类的信息。

十分钟后 C 厅大门打开，拥出来的人几乎把我给淹没了。但是我妈就像犀牛在大迁徙中一眼就能找到自己的孩子一样扑向我，我也一眼就找到了我妈。我死死拽住她的手提包。

在那一瞬间，妈妈脸上充满怜爱，此时我妈那因少女情结而穿上的黄色衬衣显得格外可爱。

只有我妈会叫我小名，只有我妈会把我的照片弄得铺天盖地，只有我妈会在我哭的时候递纸巾，只有我妈会和我抢遥控器。我以为她是自己恋上了少女情结，其实她是因为我而患上了少女病，她在用清纯陪伴我的青春。

我突然希望她一直患着少女病，永远也不要痊愈。

后来我们都长大了

开始的开始，我们都是孩子。

最后的最后，渴望变成天使。

歌谣的歌谣，藏着童话的影子。

孩子的孩子，该要飞往哪去。

我倚着窗，轻轻地唱着。

我望着窗外这座钢筋水泥"森林"，这座高科技纵横遍野的现代化城市，心中一阵疑惑。自小便生活在这里的我，习惯了每天平淡地上学放学、吃饭睡觉。我几乎以为自己早已甘于平淡地过完这一生。

但我总会想念在乡下度过的那些日子。大约是四岁，我回了一趟老家。第一次看见不同的黑土白云、蓝天夕阳，第一次见到那群让我怀念的乡下孩子。

他们素面朝天，清一色黝黑而干涩的皮肤，眼中闪烁着纯真。我不记得多少次面对母亲的嘱咐一笑而过；多少次玩得尘垢满身，却还笑咧咧地擦着汗。

钓虾，捉青蛙，踢菜秧子，捕蛐蛐，拔小白菜，插秧，挖鱼……凡是乡下新奇好玩的事，我和那群乡下孩子全都干过。对于这些，母亲总是惯着我。

那些被允许放任自流、返璞归真、刁蛮任性的岁月，本就叫作童年。

后来，随着我上小学，回老家的次数便愈来愈少，我慢慢地开始不那么爱玩，不那么爱闹事了。

时光在流逝，换来的是懵懂。

那时的我，就像书包上挂的小熊一样看似坚强无比、刀枪不入，但内心很脆弱。我总是固执而决绝地认为自己长大了，不再疯玩，也唯恐与那群脏兮兮的"乡里娃儿"扯上半点关系。于是，我开始喜欢看电视、玩电脑，和很多孩子一样度过"城里"的童年。

慢慢地，我长大了，旅游的次数增多了起来。我最爱吹海风，赤脚踩在细软的沙上，任海风吹起我的发梢，撩起我的头发。坐在凉凉的黑色礁石上，看潮起潮落，看白色的浪花。不为什么，只为静心去想想一些事情。

听，海的歌声。看，海的蔚蓝。海——它博大而宽广的心容纳了许多人。孩童在嬉戏，大一点的孩子在潜水弄潮。我只想坐在礁石上，去感受海水的变幻。

是的，我长大了。

童年像一场大梦，而我们总会梦醒，会尝试明白一些事情，所谓"梦里花落知多少"。

是的，我们都会长大。

当六一儿童节庆祝会对我们永远落下帷幕时，我们真的长大了。

是的，我们在长大。

我的心灵憩所

我小时候喜欢吃糖，喜欢看卖糖的阿姨用一把大勺将一勺花花绿绿的糖果高高扬起，再将它们盛入透明的保鲜袋中。

那时候包裹糖果的糖纸都很普通，上面大都是印着一些动物或人物的卡通头像。用手轻轻揉锡质糖纸，会有清脆的声音；而用手去揉纸质的糖纸，则会是沉闷而极小的声音。

我喜欢先揉搓糖纸，再小心翼翼地清理，并如数家珍般地翻看。我喜欢自言自语，说今天这张是白兔的，昨天那张是红日的。我还喜欢将它们叠成各式各样的东西，折一串千纸鹤，挂在落地窗前，风一来，满屋飞舞；折一罐五彩缤纷的"糖纸星星"，阳光一照射，便折射出闪闪的光泽。

那时，我最喜欢将那些糖纸拿出去和邻家小女孩炫耀，看着她那眼馋的目光，得意和兴奋之情不由自主地涌上我的大脑。我傲慢地把头一撇，还不忘说句："这是我的，我独一无二的。"然后在她惊愕、羡慕、嫉妒的目光中昂首阔步地走过去。

其实那些东西怎么可能是独一无二的？在物质丰富，要什么有什么的年代，几张糖纸算什么？我之所以觉得独一无二，只是因为它们已经成了我心里最甜蜜、最温馨的栖息地。它们像小鸟的树窝一般，虽微不足道，又不可缺失，是我的某种不可缺失的精神支柱。

如今，花糖纸仍静静地躺在那个小屉子里，千纸鹤串依旧调皮地摇曳着，幸运星还在那个小罐子里眨巴着眼睛，我却因忙碌于学业而疏远了它们。尽管如此，它们依然是一个孩子最温馨的依托。

习惯于见到糖纸的惊诧、惊喜和兴奋，我已经离不开它了，我会永远沉浸在我的花糖纸世界，保护我的童心。

月的性子

又是一年中秋，又是一轮满月。今年的这轮满月是自由的月亮。

晚上七点，我与爸爸妈妈吃过饭，租下一辆三人自行车。路不好走，因此我们车行缓慢。我与爸爸妈妈停停走走间，说说笑笑，话话家常。那轮金黄的月亮或隐或现，游走在云雾缭绕的夜空。

我想，它会不会随口而出"峨眉山月半轮秋"或是"又疑瑶台镜，飞在青云端"一般的洒脱诗句？我笑笑，那月亮宛若解嘲似的也笑笑。

空旷宁静的草坪上，有三口之家和小情侣在放飞心状的孔明灯。爸爸索性将自行车停在一处，买下了一顶孔明灯，写上对家人的美好祝愿。待孔明灯飞起来时，我们都笑了。孔明灯如同一颗璀璨的启明星，向明月飞去，闪烁着希望。

风徐徐吹来，掠过镜般的水面，水面上月影像碎玉一样分分合合，合合分分。月的性子一向十分温婉，苏轼的诗句"庭下如积水空明"由心而发，而心性却由月牵起。

自行车越走越远，月也紧跟不放。我想，天涯应也共此时吧，月的光辉洒满了全市、全省，乃至全国。世界如此之广大，却共着一个月亮。

它随心而乐，我们也随心而乐。

溜达一段时间后，我们的自行车又停在小路边。站在自己臆想出来的可能古人也曾站过的地方，幻想自己是一位胸怀凌云壮志的大诗人，任清风拂面，任水波不兴。头顶这一轮明月，心中遂乐，即好。

我们说笑，吃月饼，齐齐望向头上那轮明月。我肯定，这一刻，我与他们，心中一定是一致的惬意、一致的快乐。

我咬下一口月饼，仰视这亘古不变的月，笑了。我们一家三口踏月而行，也算是遂了月亮的性子吧。

The ghost Mirror

小金库的四位客人

　　我的第一桶金大概是七八岁时赚到的。

　　那时我还在上小学，家里有很多毛绒娃娃，一大堆一大堆的，挤满了我的卧室。妈妈让我悉数卖出，于是，就诞生出了一个卖毛绒娃娃的摊子。

　　摊子摆在我家楼下。一张大大的麻料印花布，一堆旧娃娃，三个年龄差不多大的孩子。我便这样卖出了一半的娃娃。点钞，找零，讨价还价。一天下来，我拿着一摞或是角票或是块票的钱，抓着一大包布娃娃，带着弟弟妹妹欢天喜地地跑回家。数一遍，又数一遍，希望能多数出一张来。三百五十元，这是我的第一桶金，也是我的小金库的第一位来客。

　　后来和同学一起创办《小森林报》，每张都是手工书写，开本只有两个巴掌大。四五个同学一起合作办报，有模有样。每份报纸五角，每月两期，销量最多的时候有十几个同学抢购。我们忙得不亦乐乎，我也在上面连载了我的第一部小说——《木果传奇》。赚了二十几元，不算多，但那段抄报纸抄得手疼却还直呼快哉的日子，是我小学阶段最愉快的记忆。

就这样，我的小金库里又存入了第二笔现金。

再后来，我长大了。我去卖可丽饼。可丽饼是日本的一种甜点，我去食品店低价批下一打，沿步行街售卖。我用微笑、口才极力说服往来行人。有骂"小小年纪不学好"的，也有捧场买上一两个的，我终于在太阳落山之前卖完了所有的可丽饼，净赚八十元。

这可比我向妈妈伸手拿到零花钱要有成就感得多。我把票子一张一张抹平，放进存钱罐。

2012年暑假，在香港游学时我也没忘记赚点外快。一路上我自买自销。在尖沙咀，我买了两斤莲雾，用海报折成一个爱心的形状包装了一下，在九龙卖了；在铜锣湾，我买了几个铜锣烧，动手加了一个标签和解说卡，摇身一变成了创意铜锣烧卖给了同学；在浅水湾，我买了蓝莓，然后与同伴一块添加了一点奶油，做成几个蓝莓蛋挞，"厚颜无耻"地卖给了几个会说中文的韩国姐姐——她们吃后的满足感让我沉浸其中，久久不能自拔。这是我的第四桶金，一共三十二港币。我吻了吻它们，轻轻放进了存钱罐。

四位客人，在小金库里诉说着它们各自的逸事，我想：以后一定还会有更多的客人来参加它们的茶话会。

年的味道

临近过年的时候，家家门前挂了一盆盆的花花草草，有水仙也有吊兰，旱金莲高傲地朝行道树露出骄矜的笑容。

走在被雨水冲刷干净的沥青路上，我忽然看到不远处有热气腾在空中。那是一家包子铺。一只只白色的小糯米团子躺在蒸笼里，北方口音浓重的老板娘一脸和气。

我一脸贪婪地望着吹弹可破的糯米团子。它包口有一点红心，满是喜庆。一个，就能唤起所有关于年的味道。

我嚼着热腾腾的糯米团子，不忍心吃掉那一点红。我突然开始喜欢这点红和与它一样颜色的东西。街上充斥着幸福的红色，帛制的红灯笼亮了，映着湿湿的马路，耀眼得让人心跳。

大年三十，我们回到了常德老家。

趁大人们在畅饮酒水，我溜出来放烟花。一串串的五色烟花把除夕的热闹提到极致，伙伴们穿梭着游走着，一个劲儿地拍手叫好。

当我最钟爱的一个红色烟花迸发出灿烂的光烟时，我看看手表，指针指向七点五十九分，我突然习惯性地感受到了每年春晚节目的逼近。某个明星的出现让我连连叫好，某个笑星的一句台词让我捧腹大笑，而某个舞蹈的创意让我瞠目结舌。

十二点的钟声一响，屋外忽然一大片鞭炮炸开了花，红光冲天，震耳欲聋，此起彼伏，爸爸连声说："好，好，好！"妈妈喜形于色，奶奶的嘴角不由自主地上扬。

年的味道就是这样热闹张扬，和谐而美好。

这也是一种美

　　微风拂面，扬起女孩柔顺的长发，引得路人注目。而一旁的短发女孩只是抱着自己手里的书匆匆跑向教学楼。

　　花木扶疏，风扬不起你的齐耳短发，扬不起你那点爱慕虚荣的小心思。你看着熹微春日里，长发女孩撩起耳际遗落的碎发。你只是低头，一步一步地往前走，直视着学校和阅览室的方向。穿简朴校服是你的坚持。

　　夏日里阳光躁动，长发女孩换上了潮流前卫的衣装，世界毫不掩饰地用艳羡的目光围住她。你看见她脸颊有淡淡的红晕，美目流转。你却依旧我行我素地穿着洗得干干净净的校服，然后继续把自己埋在书堆里，安静地背书。

　　你用最简单的黑色签字笔，戴着自以为永不过时的妈妈用过后淘汰的旧式名表，你素面朝天。你喜欢自己一个人窝在房间里读书，喜欢一个人单曲循环听几年以前的英文歌，自得其乐。

　　你会为自己粗心犯的错误和自己过不去，执拗得像个三岁小孩。你路过冰激凌店时一定会买一支原味冰激凌，你穿最简单的白衬衣，喜欢一个人默默查字典，喜欢泡在图书馆里看书。

你的家里、你的房间里永远堆满书，你会乐器，但永远能拖多久不练习就拖多久。

这就是你，短发女孩。

这是你，也是我，是世界上千千万万个短发女孩。短发女孩，你美吗？

上课你会积极发言，回家你会迅速做作业，你有时脾气控制不住，你有时也会落泪，你一般不会被荧屏上的爱恨情仇打动。

你不会有太好看的容貌，自然也不会对自己有太高的期望值。你会夜晚偷偷哭，想着自己的学习目标还一个个没有实现，然后第二天起来，你依然是那个大家熟悉的、潇洒、有小孩子气、好胜心强、渴望出众的你，那个有着短发的清爽的你。

你能泰然自若地从长发女孩的面前自信地走过，你能一个人在学期末扛起所有的书籍去坐公交车，你能一天来回奔波五千米的路。

这样的你，有什么不能做到的。你眼中有坚强和清澈，你眼中有信仰和力量。

这样的你，太阳为你倾注了目光。

曙光从天上洒下来，穿过树叶的缝隙。你抱起书，穿起校服，系好鞋带，迎着阳光走去。

这样的你，别具一格。

这样的你，这样短发的你，当你看书看得认真的时候，有人喊你的名字，你侧过脸去，突然让世界觉得短发也是一种美。

生活如诗

"自由的鸟儿，囚笼是关不住的，因为它的每片羽毛之上，都闪耀着自由的光辉。"这句话来自《肖申克的救赎》。我一直认为这句话是对生活的最好诠释，就像有些人，似乎浪迹天涯，最终魂归故里，他们的一生就如同这自由的鸟儿，用它的翅膀为飞翔过的天空写下诗篇。

生命如诗，可是生命太宽泛了，生命漫长得让你淹没在其中。生活即你我生在这里、长在这里的每一刻。

没有绝对的自由，也没有绝对的束缚。我们的生活是那样平凡，看上去千篇一律的生活似乎不会有轰轰烈烈的场景。

那么让我们停下来，回头看看我们走过的日子。

你曾陪伴过母亲去集市，陪她准备一家人的晚餐吗？平日温柔的她面对小贩也讨价还价；为了让一家人吃上时令水果，她来来回回反反复复挑选最新鲜的水果。她为自己的晚餐而骄傲，为自己的水果而快乐，为自己的生活写下了诗。

你曾经陪过父亲在马路上跑步吗？你和他暗暗较劲，不断避开来往的车辆，还要听他对你大喊:"小鬼，注意! 不然我就让你追不上了! "然后你加速，风把你的头发吹乱。

父亲一边笑一边叫喊，你在风里奔跑，有没有感到自由? 没有人束缚你，他朝他的目标冲刺，你向他冲刺，多开心啊。尽管他因为奔跑而咳嗽得厉害，可他一直在跑，因为你在追逐他。

假如你崇尚自由，生活一定如诗。

我从来没有这样漫长地告别过

　　我们实际上一直在告别，和爱的、恨的、心酸过的、讨厌过的人和事。告别总是那样草率。

　　后来我才真正明白，告别其实并不草率，而是过于漫长。有的人或事突然就离开了，像某只缓缓行进的船，桅杆上的帆线钩断了。我曾经很讨厌那个小区，那栋楼，那个单元，那间房子。我讨厌它永远锁不上的房门，讨厌它吱呀吱呀响个不停的柜子，讨厌轻轻一推就折了的"柔弱"的茶几。可是很多讨厌的理由在日积月累中就产生了某种联系。

　　那是为了方便上学而租的房子，隐匿在一个庞大的老式单位宿舍里。每天我不得不绕开被掀开盖子的井口，疾步穿过似乎永远走不完的路。每次重重地摔上门，我都要狠狠地在心里咒骂一句，翻个白眼，斜睨着门，匆匆跑出去。那时的我还年轻气盛，不知道这就是人类千万年来一直在进行的一种仪式——告别。

　　我的心智在经历很多后开始慢慢成熟。

　　居住在这间陪读房时，我的小姑在岁月长跑的途中突然离席，我第一次靠在门口，在黑暗里大声地哭。虽然我只见过小姑几次，但她是我爸爸的亲妹妹，是我奶奶的亲女儿。哭了很久后我写了一篇日记，然后我朝门口说："再见。"那是我唯一一次说得那么大声，以前那些鲁莽的"告别"似乎在这一刻静止。

初中毕业后我离开了那里。最后一次停在门口的时候，电铃叮叮当当响得欢快。我忽然想起我逆反地摔门、愤怒地瞪门。我迟疑了一下，然后重重摔门而去，响声足以震破我的心。

那个瞬间，把我这一段生命尘封于此。而我，做了最短暂的，也是最漫长的告别。

人有很多种告别的方式，而我选择了与最熟悉的事物做了最熟悉的告别。漫长的故事，就这样戛然而止。

灯光之外

"总有一天，我会站在我梦中的颁奖台上，手里抱着篮球，灯光照亮整个赛场，我的队友欢呼着，尖叫着，呐喊着我的名字。"

说这话的是我的初中同桌茜茜。她中等个子，蓬松的自然鬈发扎成高高的马尾，笑起来有两个小酒窝。皮肤小麦色，健康的肤色从她头顶一直伸入脚下，她是个说话干脆利落的体育生女孩，拥有特长生里出类拔萃的成绩。时常能看见她咬着笔杆，目不转睛地盯着数学压轴题，写下一句答案又用橡皮擦擦掉。而最终交给老师的，永远是干净完整的答卷。

因为她的身高落后于其他队友，所以她慢慢放弃了打篮球。每次放学和我一起走，一碰到曾经的队友，她就会骄傲地拉起她们的手热情地向我介绍说："这是我的队友。"她是球队的后卫，每次她说起比赛时，脸上都会浮现出一种自豪的神情，像一汪清澈得快要溢出来的水。尽管她极力介绍她曾经的运动员身份，但事实是她已经不再属于篮球了。

她有张比赛的照片，照片中的她正迈开大步，左手向前伸，右手正在把篮球用力推出去，脸上红扑扑的，眼里充满坚毅。

　　这个曾经为了篮球可以放弃一切的女孩，最终不得不选择了理智地退出。

　　"我们一起努力，考上 XX 中学，然后，我带着你去看那里最好的球赛。"

　　于是，我开始回忆她打篮球的样子——中等个子、流汗的脸，黑色略显杂乱的鬈发像蝴蝶一样上下翻飞。暖阳下她抱着篮球的背影，是我对初中红色操场最真切的记忆。

　　"我曾经抱着篮球在操场上疯跑，与队友进行激烈的训练后大喊队友的名字。我们在篮球场上抛洒汗水，赢来一次又一次的胜利。"她激情澎湃地描绘场面。我无从体会这个少女在她的青春里流淌过的热情。当她站在球场之外，镁光灯将她健康的小麦肤色照亮时，我真切地感觉到她对篮球的爱是那么炽热。

　　我一直伫立在灯光之外，默默注视着那个穿着红色篮球服，将篮球娴熟转起，笑起来有两个酒窝的少女。看着她从室内球场的灯光里阔步走出来，我祝福她能找到理想。

外婆的留言条

我妈有一双白嫩的手，但是这双纤纤玉手仅限于弹钢琴和跳舞。这双被我爸用心呵护的、养尊处优的手几乎不会做饭。我妈也很努力、很尽心地做家务，但是她做起这些事情来显得既笨拙又艰难。又因为自爸妈结婚以来，奶奶一直跟我们住在一块，而奶奶最大的特长就是做饭，孜孜不倦、乐此不疲，长期占据着厨房阵地。所以我和爸爸达成共识：我妈不会做饭实属理所当然，合情合理。

2017 年 11 月，叔叔家生了小弟弟，奶奶要去他家住一个月，照顾小弟弟。这一个月的每一天都在挑战我妈。第一个严峻考验就是怎么妥善安排正在读高三的我的伙食。

聪明的爸爸指示糊涂的妈妈把我放到校园内的托管中心。托管阿姨的饭菜可口，我乐不思蜀。但是外婆知道后，却把妈妈劈头盖脸批评了一顿，命令妈妈迅速把我从托管中心领出来。"像什么样子，奶奶出去几天，她孙女就没饭吃要进托管中心了，太不像话了！"外婆是这样郑重地打电话给妈妈的。我听着外婆的厉声呵斥，暗暗为妈妈捏把汗。

　　妈妈做了几天的饭后，面有难色，似乎心有余而力不足。她无时无刻不在琢磨着怎么做出可口的饭菜。她的手不是被刀割伤，就是被油炸烫伤。经常听见她从厨房传出"呀"的尖叫声，我还帮她包扎过几次伤口。我和爸对她心疼不已，学会做饭于她而言，相当不易。

　　外婆太了解她的女儿了，她心知肚明她的宝贝女儿在厨房这个天地无法"大展鸿图"，但是她自己因为身兼数职而分身乏术，于是，她想了一个极周全的解决方案。

　　在外婆的精心布局下，我的生活规律基本不变。每天中午十二点，她派外公从他们所居住的小区坐地铁送饭盒便当到雅礼中学的陪读房。外公看着我吃饭，看着我睡觉，一点五十再准时叫我起床，然后与我一起出门。我去教室上课，外公坐地铁回家。

　　我妈五点半到家，一般六点二十就可以准时把热腾腾的饭菜端上桌。四菜一汤，搭配合理，精致好看。如果爸爸回来吃晚饭，还会多一两个菜，这时餐桌上丰盛无比，与奶奶在家时几乎没有区别。

　　我纳闷我妈为什么突然这么能干了。她神秘地说，人的潜能是无限的，人是会被逼出来的。我半信半疑。

　　不到几天，我就发现了端倪。原来不是我妈突然变能干了，而是因为她背后有强大给力的外援。这个外援就是外婆。

　　我无意中发现了外婆放在厨房里的各种留言条。

　　"今天的菜谱……把牛肉放入摆在锅旁边的原汤，和大蒜子煮一下即可。冬苋菜都已经洗干净了……"

　　"……玉米用原汤煮一下。榨菜要不要多放，炒之前你问一下格格子的需求。"

　　"桂花鱼已经腌好了，用小火炖十分钟后捞出来，再用大油炸一下出锅。要格格子趁热吃……"

　　"鸡丁切好了，炒的时候记得把碗里的大蒜叶子加进去。莴笋叶子都已经洗干净了……"

"孜然牛肉还要加一点香菜。土豆丝要醋溜……格格子喜欢吃。"

"炒油麦菜，先要用猪油炸一下大蒜子……做辣椒炒肉，要先炒辣椒，再炒肉，然后两者合在一起再炒……"

我恍然大悟。她不需要买菜，不需要洗菜，不需要切菜，不需要配菜，她只需要把这些外婆已经精心制作好的半成品倒进锅里炒一下，然后出锅，再把炖好的汤盛出来摆在桌上。也就是说，她只要拥有把锅铲晃来晃去的能耐就可以了。在最关键的时候，外婆挺身而出。

原来，外婆是一个有隐身术的田螺姑娘。细细想来，我才知道外婆的作息时间居然那么紧凑科学。那段时间，每天下午三点，外婆会准时到陪读房给我们准备好晚餐配菜，洗干净、切好、配好佐料，再把电瓦罐插上电开始炖汤；四点半，她准点回家，准备舅舅一家老小的晚餐。

外婆是中学退休老师，年轻时是小有名气的校园文艺活跃分子，还是当年舞剧《白毛女》的主跳。她的手会弹风琴，会拉二胡，还会做缝纫。但比我妈更胜一筹的是，外婆还做得一手好饭菜。

坐在餐桌上吃饭时，我爸妈有时候会拿出外婆写的留言条，不厌其烦地一边读一边互相打趣，戏称外婆既不小资也不讲究。外婆拿到什么纸张就在什么纸上写她的晚餐留言，拿到什么颜色的笔就用什么颜色的笔写。她搁在厨房的留言条，字体凌乱歪斜、颜色五彩缤纷，形状更是稀奇古怪。

外婆的留言条很普通，有些早已经进了垃圾桶，但是每一张纸都无痕地印着她暖暖的温厚的手纹。我们一遍又一遍地品味，猜想她写这些留言条时的念头：那就是如何最大程度减轻她女儿的负担，如何让她的外孙女吃饱吃好。我爸经常说，我有一个好外婆，我妈有一个好妈妈。

　　据说，一个能干的妈妈就会有一个不能干的女儿；一个不能干的妈妈就会有一个能干的女儿。如此推理，我妈就是天生不需要能干的。

　　我想对我外婆说，请她放心，她的这个不能干的女儿——我妈，在以后所有岁月，只需要负责貌美如花，其他事情都由未来一定且必须要能干的我来打理。

第二章 地图册上的红圈

Chapter 2. The red circle on the map

莲度

她说她来自墨脱，墨脱在藏语里是莲花的意思。

这个有着大眼睛的藏族姑娘，笑起来的时候会露出洁白的牙齿。她叫达娃卓玛。"卓玛，"我问她，"墨脱在什么地方啊？"

她说："离这儿很远很远。"

卓玛不是我第一个认识的朝圣者，在她之前，我认识两个叫多吉、三个叫次仁的藏族小伙子。其中一个次仁有着黝黑的皮肤和灿烂的笑容，会唱《康定情歌》，会拍民谣鼓的节奏。并非每个虔诚的朝圣者脸上都写满了风餐露宿。

去拉萨吧，去拉萨吧。

我第一次见到卓玛时她正在朝圣。她的黑发很长，那漆黑的墨色连星辰也要为之惊叹。她把它扎成长辫子，缠上珐琅颗粒和米珠，穿着一双木质鞋，鞋上绣着金线纹脉。她抬起头的那一瞬间，我忽然想给她拍一张照片。没有任何理由，也许是因为她那双眼睛，也许是刚好天空那么蓝，蓝得像有鱼儿游过的海面。她的眼睛和那天的天穹一样清澈。这些是后来她与我谈话时我才知道的。

她说，对他们而言，一生下来就有两个故乡。

我想，那个被叫作莲的地方，她的故乡，究竟有着怎样的山和水、彩云和醉风，怎样的牛群和人们。我很难体会到一个灵动的地方，孕育出这样坚毅、虔诚的女儿。

三步一叩首，紧紧地将自己的额头叩在坚实的土地上，双手铺平，掌心向上，半晌之后再合十，继续重复，直到游客逐渐散去，直到蓝天泼墨成黑夜。他们在这条漫长的路上行走，再行走，直到走到那旌旗和经幡飘荡的地方，那无关年龄的净土，灵魂的故乡。

"那时我只有一个念头，"卓玛说，"回家吧，回家吧，回到拉萨吧。"

我着迷于他们这个民族的信仰之深、之烈。是怎样强烈的情感让他们从远方以这样虔诚的方式来到拉萨，只为了亲眼看见心中的圣殿——布达拉宫？

很多像他们一样的人说，这是他们一生中一定要走的路，就像命中注定一般。当他们亲吻脚下的土地、双膝跪朝一方，手指触到泥土和前人足迹的温度时，他们便回到故乡了。所有前路的艰辛和劫难都因热泪盈眶而在路途中被卸下，从而变得轻松。

如同他们都是借着月色寻找方向的迷路者，对于卓玛而言，对于次仁和多吉而言，对于所有与他们一样的人而言，这是一次心的迁徙。他们只不过是从一个故乡到了另一个故乡。

直到很久以后，我的脑海里还在浮现、重复这个画面。

一位少女，黑色长发，黑色眼睛，她在朝圣，她是这片风景中的一部分。头上是苍穹和苍鹰，脚下是泥土和野花。在这条漫长的路上，她有蓝天白云，心无杂念。

她说她来自墨脱，墨脱在藏语中是莲花的意思。

她回家了。

风中的舞蹈

她在跳舞，红色的头纱如火焰般在风中燃烧。

这是我曾有幸看到的一位叙利亚少女舞者的舞姿。她的一举一动那样耀眼，以至于时隔数年依旧无法让我忘记。

她在一片废墟上跳舞，人们围着她拍手，而她在正中央旋转。人们开始随着她律动，于是她舞得更加起劲、更加投入。每一个动作都淋漓尽致，每一个表情都那么传神。她的脸上有着栀子花一样的青涩，她黑得发亮的大眼睛像是会说话。尽管她的头被头纱蒙得严严实实，可微微透露出的五官里掩不住身体本身溢出的灵气。别人谈起她的国家，想到最多的就是连绵不绝的战火、流离失所的难民和夷为废墟的居民区。但是她用坚毅的造型表白："可是生命还是生命，它是鲜活的，就像我的心跳。"她粲然一笑，优雅地用纤细的手指贴近她稍稍起伏的胸口。她不漂亮，可她笑得如此真实，每一口呼吸都能让人感受到温热。

我们有多少人忽略了那些在战火中挣扎的人，以及他们的每一个寻常动作、他们每一根神经末梢所牵连的情感。我们习惯性地把他们统称为难民。仿佛这是个锁链，是个牢不可破的屏障，让人给他们下一个定义——悲痛欲绝、愁眉苦脸、终日与黑暗为伴、生来与我们不同、他们生活在另一个不见天日的世界中。

诚然，我们见过太多流血和无力的嘶喊，见过抱着婴儿匆匆逃离家园的普通受难百姓，见过为躲避炮弹而不得不把自己窝在废墟瓦砾中的小男孩——他的衣衫是如此褴褛，可眼神那么生动，像一汪清水被偶然掠过的水鸟惊动而泛起层层涟漪，以至于我们忘记他来自战区。

我佩服那些默默在战区当志愿者的人。他们离我那么远，但是我感觉他们几乎就在我身边，与我息息相关。他们是在用自己的心对待难民。他们知道那些难民心里也有一种要歌唱太阳的欲望。

战争，可以掩埋舞者的家园，却剥夺不了他们跳舞的权利。他们赤着脚，子弹和飞机的轰隆声在身边穿过，一个个噩耗传来，他们的父母、兄弟、邻居、朋友有可能在上一秒还活着，可是下一秒却已经离开人世。他们的亲人离去时没有葬礼，因为每天都会有人离去。他们没有食物、没有书本、没有舞台、没有幕布，他们的心在流血，但是他们始终在舞蹈。

她在跳舞。她是一个叙利亚少女，她来自战争中的叙利亚。她的衣服颜色不再有光泽，她的舞鞋已经有了破洞，但她却在断壁残垣中起舞，不停地用变换的动作传递给世界：她在跳舞，红色的头纱如火焰般在风中燃烧。

她十六岁，正处于与我一样娇美的花季。不同的是，因为她出生在中东，所以她的皮肤被无辜地涂上炮灰的色彩。而我却能每天或坐在明亮的教室里欣赏窗外郁郁葱葱的美景，或行走在花团锦簇的院子里仰望空中掠过的和平鸽。

我也开始模仿她的舞蹈，踩着与她几乎相同的舞步，只是为了倾听一下她内心深处的声音，用与她相近的节拍节奏来证明：我与她同龄。

还要多久，才能让世界重新发现受战争之苦的人们也是如此真实、

如此亲近？还要多久，才能让世界重新发现在硝烟弥漫中求生的人们也如此热爱生命？还要多久，才能让世界重新发现沦落在苦难中的人们也如此令人敬佩？一如那少女的红色头纱在风中飘荡。

最好的遇见

当我们背着背包，握着相机，开始走向远方时，我们已然与风景，有了最好的遇见。

——题记

遥远的地方对人的心有神奇的诱惑力。

很多时候，我向往能坐在巴洛克时期的台阶上，穿着简洁的白衬衣，小孩子气地吃着原味冰激凌；我向往能随意坐在名不见经传的小海岛上，拿着油画材料安静而认真地创作，幼稚而专注；我向往能虔诚地向许愿池里投下三枚硬币；我向往能一个人在空荡的博物馆里尽情欣赏后发出赞叹。

可我仅仅只是向往，向往而已。

很多时候，我只能画饼充饥。看着别人鲜衣怒马的生活，我却只能望洋兴叹。

我见过很多在景区喧闹的中国游客，一些上了年纪的女人争先恐后地插队，忸怩作态地拍摄格式化的笑脸。

旅行不代表你一定要追寻哪位明星的脚步，不代表你一定要拍照，不代表仅仅只是脚步去过那个地方。

在厦门的海边，我见过一对外国情侣。他们穿着样式一致的 T 恤，肩并肩坐在沙滩上，浪花扑到他们脚边，阳光从女子浅褐色的发梢上溜过，连成一道细细的光晕。他们静静地坐着，有时彼此望向对方，然后嘴角露出浅浅的笑容。

他们没有在法国浪漫的大街上喝香槟的优雅，没有在爱琴海边甜蜜拥抱的恩爱，他们只是并排坐着，轻轻握住对方的手。他们没有惊世的外表，也没有旷世的恋情，他们安静地和风景融为一体。此时，阳光微笑，时光莞尔。

当我们与一座城市相遇，也许仅仅只是排队买了一杯现磨咖啡边走边喝，仅仅只是站在车站前笨拙地认着公交车的路线，仅仅只是开始赞叹路边盛开的波斯菊，但我们和风景已有了最好的遇见。

我是个冲动的人，脑子一热就定下了要去哪里，然后几件 T 恤几条牛仔裤，就坐上了火车。我总是惊奇地发现一觉醒来，窗外便是一个陌生的地方。

这种平静而别致的遇见，是不言而喻的美好。

九月南雅

  九月的南雅繁花似锦，大大小小的鲜花开放在沿路的花坛里、草丛中。我是爱花的，自然就会接近它们。花的品种很多，从小巧玲珑的米兰到绽放在树枝上的紫薇，应有尽有。从我第一次来到这里，我就深深迷上了这所中学，因为这是一座鲜花盛开的园林。

  九月的南雅竟如此浪漫，它不像是一座古板的校园，更像是一个兀立在凤凰山坡上的世外桃源，它似乎在用它绽放的花蕾编织一个个孩子憧憬的神话故事。

  我很幸运，如今，我已如愿以偿成为这所中学的一名新生。

  一进校门，便有一种喜悦油然而生。正值九月夹竹桃盛开的时节，学校的大路旁、小径边、花坛里，都开放着了一朵朵鲜艳欲滴的夹竹桃，白的、红的、粉的、黄的，争奇斗艳。由于是开学第一天，发传单的、贴纸条的、扔垃圾的，不文明的行为在学校里也来了个大集合。而更不文明的，是有些家长顺手在那一朵朵花上扔下刚刚从校门口小贩那里领来的传单。我美好的心情瞬间荡然无存，心里只有对鲜花的惋惜。我走到山坡上，微微俯身，伸手拾去几张覆在夹竹桃上的传单，快步走向垃圾桶。这时，我再回头来看，觉得自己做了一件值得去做的事，那朵夹竹桃因为被除去了遮掩在它身上的障碍，又焕发出勃勃生机。它是一朵紫色的夹竹桃，花瓣上还停留着露珠。霎时，我顿生一种成就感，这是我作为南雅学生为南雅做的第一件事。

在后来的军训中，我们每个人都累得喘不过气来。一千多个穿着蓝白色相间的校服的学子，列队站在篮球场上。好在篮球场四周长满了桂花树，沁人心脾的芳香不时随风而来，带来一阵清凉，拂走我们的反感、烦躁。此时，我才真切感受到：南雅，的确是一个世外桃源，一个鲜花盛开的地方。

每一天早晨，我们都要进行晨跑。这是一天中太阳最温柔的时候，花儿也趁这时候伸伸懒腰。我们沿着勤勤楼的大钟塔环绕学校一圈。小径旁边，长满了碧绿碧绿的杂草，在杂草中鹤立着一朵朵黄澄澄的小雏菊，它们挺着勃勃生机的身姿，直直地高高地兀立在杂草中，显得出类拔萃。我们一路跑着，分散在不同地方的雏菊就紧凑地跟随着。回到大钟塔边的升旗台前，我还在想着那雏菊。小雏菊的头向着太阳，每朵都是这样。也许是受了太阳光的影响吧，一朵比另外一朵更美。我不禁联想到我自己，在南雅这片热土上，人人都是佼佼者，只有花比别人更多的时间和精力，才能比别人更优秀。

回到教学楼，我发现，鲜花带给我的不仅是芬芳与明艳，更多的是感悟与思考。南雅，这个鲜花灿烂的地方！众星璀璨之中，我一定要争取成为最亮的一颗星；万花丛中，我渴望做最夺目的一朵……

在南雅，虫儿飞

虫儿飞，虫儿飞，你在思念谁。

每当唱起这首旋律婉转而伤感的歌时，我的思绪总被扯到初一开学时的晚自习。那时，我们在五楼。

一间并不大的教室，却坐了七十多位同学。

晚自习的教室异常安静，我坐在窗边靠走廊和廊灯的位置。

偶然，一只绿色的小虫子飞入了我的视线，我叫不上它的名字，又不想置它于死地，便拍拍同学小桑，轻声道："你看，那里有只虫子。"

小桑顺着我目光的方向看见了那只不到一粒黄豆大的小东西。我们望着它，充满了好奇和惊喜。

后来，小虫自然是向着头顶上亮堂堂的灯光飞去了，我们也是被老师严厉的目光吓得写作业去了。

不知道为什么，到现在，那只绿色的有透明翅膀也许并不起眼的小虫子仍让我记忆犹新。

尤其是它使劲儿扑扇着翅膀，又轻盈地飞出玻璃窗的样子，自由无虑。

后来，每天晚自习总有大大小小的虫子飞入飞出，我也总是不厌其烦地欣赏着它们的动态。

我发现，不论是胖蜜蜂、灰飞蛾，还是无名小虫都在我们教室中自由飞翔，无拘无束，像逍遥的剑客。

但剑客是会四处漂泊浪迹天涯的。

可虫子们不会。

它们世代在这里繁衍，且生生不息。南雅的花丛中、草坪上、广玉兰树上、教学楼上，四处可见它们，它们显然深深热爱这片土地。

我们也热爱这片土地。

可我们终有一天会长大，会毕业。

我终有一天不会再爱看小虫子。

初二了，新教室在二楼，仍旧安静，我依然坐在靠窗边的座位上，自顾自地做作业。

虫子还是那么多，神出鬼没，手上、笔上、桌上、文具上，前一秒没有，后一秒便出现了。但尽管如此，我还是不动声色地写作业。

或许是学习的压力没过了我的好奇和执着，我再也不是那个喜欢虫子、喜欢生灵的孩子了。

而虫子却依旧在带给下一届初一孩子惊喜。偶尔经过曾经的教室，孩子们正指着窗角中的一只小飞蛾说笑，露出惊异的神情。

那是我再也回不去的从前，虫子在为下一届或更多的孩子编织梦想。

我爱南雅，爱自由无拘束的虫子。

在南雅，莘莘学子会陆陆续续地毕业，而新生也会陆陆续续地进入学校，虫子们携着自由、童真、执着、猎奇，与一届又一届学子们重叠成一幅无与伦比的画面。

虫儿飞，虫儿飞，我知道虫儿的思念是什么，是脚印、希望和童心。

　　而我也知道，我的思念是什么。是对南雅的想念，对童心的怀念和对老师、同学们的思念。

生动

没有人能忽视泰国人的美。

无论是穿着时髦的年轻人，还是穿着民族特色花衫的银发老太太；无论是统一穿蓝色上衣、黑色长裙，头上戴着蓝色蝴蝶结的中学生，还是站在水果摊边戴着白色运动帽洗水果的打工妹；抑或是妆容精致的上班族，抑或是那些广告上笑容迷人的明星。

这些生活在不同阶层、不同领域、不同年龄的人，并非每一个人都拥有精致的容貌，但他们都拥有一个让人无法忽视的特质——生机勃勃而令人难以忘怀。

我在清迈住过好长一段时间。尽管这个时代已达到足不出户便可游历全球的程度，但是我还是觉得身临其境和似乎身临其境是完全不一样的。在这之前，我对这个小小国家的人们所了解的，仅仅只停留在陪奶奶看泰剧里的那些漂亮演员和"东方公主"等。而我其实对那些土生土长的泰国人一无所知。

当我第一次踏上这块神秘的土地时，我曾因强烈的感官刺激而感

到惊讶。

　　金色的塔楼在这座布满红色花朵和绿色树叶的城市熠熠发光，也可以看到头发花白的老太太穿着印有泰象的花衬衫，涂着鲜艳的口红，在早晨六点时分，提着菜篮，偶尔像孩子般蹦跳着穿过马路。

　　你可以看到大芭蕉树和棕榈树绿得仿佛可以染绿天空。吊脚楼下种着一大簇凤尾竹。红色的破旧嘟嘟车上贴满了鱼疗和歌舞演出的广告，那些赤着脚的泰国司机殷勤地问你要去哪。

　　你也可以看到，头上戴着蓝色蝴蝶结、脚上穿着黑色的小皮鞋、白色长筒袜的少女，三两个一起结伴回家。

　　你可以从大街小巷里清楚地感到独属于东南亚的、那些在炎热地区生活的人们身上的水果味和清甜香。那些少女有着泰国乡村金黄色的小麦般的肌肤，眼睛像是偶尔跌进池子里被濯洗的黑葡萄，眼神像从鱼塘里突然冒出来换气的鱼一般灵光一闪。她们对你笑笑，又白又小的牙齿露出东南亚人的纯真。

　　这些生活在这片平均温度高达三十度的土地上的人们，有着被太阳光亲吻过的金色皮肤，深邃的眼窝里散发着对任何外来人民都很强烈的异国热情，乃至让每一个游客为之惊讶且敬佩。这种美不是单纯美丽的容貌可以比拟的。当你走在这片给人强烈感官灵敏度的土地，你便会不由自主地赞叹：啊，这里养育着世界上最淋漓尽致的泰国人。

　　他们生机勃勃，从而成为一道行走的风景线。

凤凰小城的味道

　　凤凰，传说中最华美的鸟儿；凤凰小镇，现实中最美的小城。

　　当别的城市争先发展科技时，它却因一部小说声名鹊起。

　　那一年，与父母家人一起游凤凰。正值早春，家家门上挂上了红辣椒，贴上了桃符，有远归的农人挑着一担沉甸甸的白萝卜从溪边走来，隐约听见远处有嘹亮的高歌。

　　小城的味道是迷离流香的。

　　风中夹杂着鱼香味，瞥见齐齐的白墙黑瓦上袅袅升起一缕缕青烟。回头又见姜糖铺前戴苗银首饰的女子用恬美柔静的嗓音吸引游人的注意。姜糖铺内飘来一阵清淡的糖香，蜜甜的味道。我买了一袋姜糖，细细地嚼，口中溢出姜糖的香甜。走在青石板上，随处可见卖清凉粉的竹篱，摆花糕的席子，整个凤凰笼罩在香飘十里中。

　　小城的味道是古色古香的。

　　坐落在大街小巷中的一座座戏台，画梁层层，壁上的人物花鸟鱼虫依然还在，可柱上的红漆却早已剥落。不知是否还有人在这里唱戏？或许不会了，也不可能有了。走到街边上，看鹅卵石石板上的纹理，

依然清晰如初；看城墙边的瓦砾，依然还顺指而下；看阿婆摊上的一支簪子，似曾相识。顺着人群走，终于看见小河。小河的水潺潺流过，水中有几个小孩在打闹嬉戏，鱼鹰立在船头，划船的汉子撑着旧的竹船与另一个船上的苗寨姑娘相视一笑，又唱起了那首熟悉的山歌。

小城的味道是安静祥和的。

走上拱桥，有年长的阿婆背着未谙世事的孙子，与碰见的邻家姑娘寒暄。两人埋没在人来人往中，我却看到了她们的笑容，安详而慈悦。拂晓时分，整个凤凰沉寂如水，流动的沱江波光粼粼，映出屹立在岸边的民居。家家户户廊上的赤红灯笼挨个悬挂，檐上有几只鸟儿在争啄。我起了个大早，呆呆地望着窗外万千的红灯笼。整个凤凰，没有一丝杂音，只有远处有人在吹牧笛。这样的晨，是温柔的。千山万水游遍，而我只记得身在凤凰。

小城流淌的溪水依旧不停，石板路上还有百年的安宁与静谧，我痴迷地爱上了凤凰古城，爱上了它的味道。

清河坊

　　清河坊又名河坊街，它在美丽的杭州，古色古香。

　　走进这条老街，一眼就看见一块黄杨木的牌匾，用行书刻着"清河坊"三个大字。虽然还能听见生活的喧嚣，可一旦踏入那道汉白玉做的牌楼，又觉得自己身处古朝，感受到民间的那种朴实的韵味。

　　走进街坊，身旁全是琳琅满目的小摊。近瞧，有卖冰糖葫芦的。糖红得晶莹透亮，红果酸甜可口。这一束束捆着的糖人，有山楂糖人，有红果糖人，也有五色糖人，它们栩栩如生。

　　再往前走，是一条平坦的石子路。

　　再往前走，就是真正意义上的街了。与其他步行街不同，它竟十里一尘不染，保留了这条明清老街的古貌。虽然它周围全是现代化大厦，身在其中，却仍然觉得古韵十足。它周围商铺众多，我选一家走了进去。

　　这是家糕点店。一撩开珠帘，浓浓的龙井茶香扑面而来。一卷竹帘铺在木桌上，一个紫砂壶摆在竹帘上，几只紫砂小杯盛满了翠绿龙井。桌子后面，摆满了各式特色的糕点。从龙井茶糕开始，各类糕点一色摆下去。龙井茶糕、桂花桃酥、核桃糕、西施饼、龙须酥、香口饼、

莲花蓉……我挑了一盒桂花桃酥，拿起一个一口咬下去，桂花香味儿沁了出来，清淡的酥配上馥郁的桂花末，十分入口。

我停在一家挂着铜匾的铜屋前。这就是典型的江南铜屋。踏上铜台阶，眼前便展现了铜的世界。这是一座铜做的屋子，陈列了铜做的艺术品，金碧辉煌。每一件艺术品都用尽了镂空塑造的方法，巧夺天工。最令我痴迷的是一座大屏风，它造型独特，蜿蜒曲折，雕花、镂刻精美绝伦。独出心裁的工艺者在它的壁上，还绘了五彩斑斓的景泰蓝。素雅的铜玉佛与雍容的景泰蓝汇合，古韵就透了出来。

走出铜屋，街道热闹非凡，白色的石板上人来人往，流淌着雅致、祥和。

多等一分钟

　　往深圳的高铁正疾速运行中，窗外下起了阵雨。水滴沾在玻璃窗上，沿风呈流线型，从开始一直流到尽头。

　　我坐在车窗边，四下无聊，便开始望窗外。窗外是一片乌云笼罩的乡村田野。

　　高铁通过了那段雨天。我突发奇想，想找彩虹。我环顾周围，希望能瞧见那五彩斑斓的一道弧线。

　　一分钟，我没发现什么。

　　两分钟，我依旧只看见晴朗的天空和白云。

　　三分钟，天上没有任何动静。

　　我厌烦了，拉上窗帘，倚在窗台上。

　　四分钟以后，我听见后座有人呼喊："大家快看彩虹！"我迟疑了一会儿，飞快地拉开帘子。那时，早已没有什么彩虹，窗外只有黑漆漆的隧道壁。

　　那一瞬间我才明白什么是遗憾。

　　如果我能多一点耐心，多等上一分钟，或许我就能看到绚丽的彩虹了。

　　这个世界上，有两种机遇，一种是天赐的，一种是自己等来的。天赐的机会是偶然的，或许哪一天不经意间说来就来了。而等来的，毫无定数，多等上一分钟、一小时、一天、一月、一年……说不定情况就不一样。

　　听过这样一句话：计划永远赶不上变化。多等上一点时间，多留给自己一点空间，就能得到机会。

　　不要吝啬那一点时间，因为机会一旦错过，就是永远错过。如果多等一分钟，电影尾幕说不定能带来惊喜；如果多等一分钟，说不定能看到比赛的最终结果；如果多等一分钟，或许我能看到彩虹。

　　多等一分钟，机会就在你身前。

　　这样想着，深圳站就到了……

血液里住着风的人

沙漠总是与游牧、流浪联系在一起。

小时候总是对民族大侠有敬佩之意。比起中原那些风度翩翩的少年，我更喜欢这种看起来有血有肉的真性情侠客。每每在电视剧或是书里读到"胡人、胡媚"一类字样，我都要耐着性子把那一段细细再咀嚼一遍。

也只有沙漠这样的地方能养出这样绝代风华的人。马背上的民族，总是长时间地生活在风沙和暴晒下，在野兽的威胁和极度饥饿的恶劣天气下到达目的地。我总是憧憬沙漠的尽头是什么，那燃烧殆尽的落日之风是什么。而对生活在沙漠里的人来说，沙漠的外面还是沙漠——就像太阳所到之处皆有光芒一样。

沙漠是他们的光，是他们血液里的一个印记，是他们生命中的一部分。

曾看过一个纪录片，片中提到埃及男孩在成人礼时要自己驯服一只凶猛的鹰，他的父亲将在教会他这项本领后不再插手。阳光将沙砾切割出晶体般的光耀，照得整片沙漠像一块铺满金子的土地，人和鹰的黑色剪影被拉得很长。在寸草不生的干旱的沙漠里，这些勇敢的灵魂成了环境的一部分。不同民族的人，在不同地域的沙漠，都有一种与生俱来的特征，比如都崇尚自然、自由与热情。

如今的沙漠有一天也许会完全消失，连同那些绿洲，以及它孕育的文明，一起消失在时间长河中，就像千年前楼兰古国一般，成为神话和传说，成为文物和壁画。但那些内心向往自由、不畏困难的人心中永远存在这样一个大漠，它在江南之外，超脱于世俗之外，在胡旋舞的舞步之下，在深深陷入的双眼之间，在马背和胯上的牛皮葫芦水袋里，在铁马掌和绝尘踏起的漫天黄沙里。

这些注定流浪的人是留不住的，因为他们的血液里住着风。

万面之佛

——柬埔寨大吴哥印象

每个人初生都是一张白纸，后来的不同只是因为落到了不同的染缸。

初到吴哥，满目都是令人流连忘返、叹为观止的美景和津津乐道、赞不绝口的旅行者。

那是一尊石雕的佛面，与其他无数尊一样，被搁置在一片美到惊艳的废墟之上。在它们脚下是凹凸有致的仙女舞姿和石缝中艰难生存的小野花。

游客们争先恐后地摆出各种造型拍照留念。佛身骄横又不失谦逊，似乎在警告和自省。佛微微展开眉眼，勾起小弧度的嘴角像是荡漾起了一种遐想。

它看着坐在青苔上看书的年轻人，轻笑赞许，满是欣慰；它瞥见不谙世事的孩童，咧嘴大笑，全是怜爱；它见证从大象悠闲踏过的地上闪现的历史的车轮，它莞尔一笑，不置可否……

它是佛，万人瞻仰的佛。

它的笑容有无数种解释，好像邻家阿公的那种慈祥可掬，又好像隔壁小伙子的那种活泼好动，或好像传教士的博学成熟……

　　它好像就活在人的身边，送给人所缺少的东西，充当人心中的偶像，陪伴人走到生命的终结，给人快乐或者悲伤。这就是它的使命，也是人们的夙愿。

　　它究竟有什么不同？这个问题也许谁也回答不了。它长着和其他地方的佛雕一样的脸，唯一不同的是它生在这片曾经佛教盛行的土地上，看尽了人间千年沧桑。经历佛地起源、发展与没落后，它依然屹立！

　　它到底有多少张面孔呢？在这尊众人瞩目的佛的脸上，也许一面，也许万面。

　　对于负责护理它的工作人员而言，它或许只是一副不变的模样。但对于穷苦的人来说，它是充满安慰、充满怜悯的救世主，给予他们热切的问候与关怀；对于富贵的人来说，它是充满严厉、充满道德感的老智者，赠予他们难能可贵的警示与劝勉。什么样的人看到它便会有什么样的回应。换句话说，它就是人自己，于是乎，便有了万面。其实佛就是心中的自己，拜佛其实也是在参拜心中的另一个隐性自我，这个自我能给予人们信仰和力量！

　　"微笑的高棉"就像一张永远不会被玷污、永远纯洁高贵的脸。当你站在它面前时，你又看到了什么？

人面桃花

虽是阳春三月，但寒流还在继续侵扰着桃花源小城的每一个角落。

伫立在马路两旁的桃树舒枝展叶，树上小小的花骨朵早已耐不住寂寞，她似乎在等待着暖风吹拂过脸庞的那一天。

过往行人各自匆匆赶路，无心驻足观赏这一街角春景。

她却不气馁。早晨，她含着一颗一颗干净得一尘不染的露珠。此时的她，像从童话中走出的娇柔羞怯的公主。正午，她的色彩格外夺目。晚上，她依旧在蓄力，企盼盛开的那一天。

春天的脚步终于来了。

那一天，行道旁的树绿了，草坪上的小白花开了。

行人想不到，那株桃树的花，初绽了。

在宜人的气息中，桃花带着少女的青春容颜，颤颤地绽开了她夺目的美貌。

还好，不算迟，她的青春还未消失殆尽。

她站在枝头，用清高妩媚的眼神看着凡世。忽如一夜春风来，吹走了"丑小鸭"，带来了"白天鹅"，它变成了她。

她的美丽引来了无数路人观赏。她睥睨着世界，白色的、粉色的，如此美丽，如此妩媚，其花瓣之娇嫩，其色彩之艳丽，其骨髓之清绝，其魂魄之绝俗。

她含着喜悦，将花瓣上的一滴露水，抖落了下去。

那是她的泪。

她曾经几度牢记这些人的面孔，将他们对自己的无视与旁观化为力量，最终开出最美的花。

她笑了，倾国倾城。

粉色的花瓣在空气中溢出醉人的花香，和着三月春风，飘往他乡。她的花尖漾出一股自心灵而出的透明，甘露赐予了她健丽的身段，亭亭玉立；雾水给予了她纯净和脱俗。

是夜，她的容颜更凄婉、更柔媚。春，来得太美好、太曼妙。花容迷得人们几度以为她是天之仙子，遥不可及。

昼去夜来，花老颜尽。她终究凋零了，片片落下，她含笑终老。

再没有人停在她的脚下。

春天，带走了她的魂魄，然后悄然而逝。

她没了美容，一点一点地祈愿下一个春天的来临。

"人面不知何处去，桃花依旧笑春风。"她，永远是春的明信片。

乌镇一隅

小桥流水，白墙黑瓦，青石板路，炊烟袅袅。

游遍古镇，最崇者凤凰，最敬者靖港，最具品味者乌镇也。

染尽绿苔的阶边有一座小桥。

小桥是用光滑的汉白玉制成的，似乎很久没有清扫了，桥面上满是细尘。但是踏脚走上去，脚底是一缕清幽的闲适。

过了桥，才算真正的乌镇。

没有热闹，没有喧嚣，只有脉脉温情。不同于凤凰的风姿绰约，乌镇是一种清丽绝尘。

微风拂来，我看到悬在高木上的一匹染布微微漾起皱纹。风又大了一些，布匹似乎没挂稳，冷不丁掉了下来。

目光随布匹掉落，定格在那户人家。

那是一座普通的房屋，很难辨认出它与其他房屋有什么不同。典型的江浙式灵秀人家。屋子紧挨着一个角落，不大，但是十分整洁。

从木门里走出一个女子，她穿着素雅，毫无修饰，浑身散发出一种水乡的灵动。她抱起掉落在地上的布，款款走进屋子。

门口坐了几位喝茶下棋的老人。

老人的银发在风中颤动，诉说百年老镇的安然岁月，"黄发垂髫，并怡然自乐"。

顺着老人的目光，我坐在百年老镇的角落小憩。一个女孩跳着出来，她穿的是现代服装。紧随其后的是她爸爸模样的一个中年男人。他的脸上有一种淡泊、一种清峻。

我踏进这个古老悠然的清欢角落。

这个乌镇，每家每户门口都挂着大红灯笼。灯笼和房屋里的木头交错在一起，有电影里的特质感，似乎只有静心细细品味才能融入这真正的古香古色。有时我甚至想，假如有一天乌镇被修葺一新，这种感觉还会不会存在？

我这样自言自语。太美的东西往往难以把握，我怕我会沉迷不可自拔，于是悄然地走出了那里。

我相信斗转星移，那家织布的人家不会走。因为我觉得他们才是这里的原住民，他们世世代代属于这片土地——尽管我们素不相识。这里的古朴将被传承下去，不被任何一个来过的人忘记。

我走了，在这里只待了三天。我确信，那户人家会在这里繁衍生息，代代相传，乌镇不会老，历史的痕迹不会被抹去。因为这是他们祖先留下的一个角落，有潺潺流水，也有袅袅炊烟。

故乡清韵

我的故乡在湖南常德，有着水乡与丘陵相接的地貌。这里有一个叫渔樵村的小古城，人们在小古城传宗接代。

我经常随着爸爸妈妈回到这个爸爸降生的地方休闲度假。风和日煦，我注视着故乡的一颦一笑。只要回到这里，爸爸就会变得异常童真，这里藏着他的童年趣事。

清晨，做了一晚美梦的故乡醒了，像婴儿的初啼一样纯洁。城东头一声嘹亮的鸡鸣久久回荡，飘向更远的方向。不知是谁家的阿妹哼着一曲缠绵的调儿，唤醒了邻家阿哥，也唤醒了沉睡的阳光和石墙。静谧是这里的特色，弯弯曲曲的穿紫河像故乡跳动的脉搏。

爸爸说他小时候读书很勤奋，几乎没有睡过懒觉，闻鸡起舞是他的少年时代。

朝阳升起，铺着青石板的街道不再孤独，一双双匆忙的脚各自奔向各自的梦想。街头开始飘出一股儿幽幽的麦芽糖香，传出一声声沉闷的打板声和一阵阵吆喝声。清风抚过长着青苔的城墙，穿紫河的波纹开始荡漾。渔夫潇洒地朝着河面撒下大网，他静静等待几分钟后倏然收起，收获颇丰。

爸爸说他小时候最喜欢在这条穿紫河河畔读书，他常常一个人在河边入迷地聆听着喧闹人群里发出的乡音。他们的乡音里藏着各种只有他们自己可以诠释的密码。爸爸说他的父老乡亲虽然不爱张扬，但是每个人都有各自不同的梦想。

午时，小城慢慢开始热闹了。不知啥时候街道突然变得拥挤了，瞬时变得熙熙攘攘，四处红红绿绿，车水马龙。河边的几块凸起的大青石成了浣纱者光顾的地方，女人们说说笑笑，小孩子奔跑打闹。

黄昏，一天的浪漫即将要溜走，月牙已隐约地露出自己朦胧的身影。夕阳烧得通红，余晖再一次撒向石墙，似乎有了一种迟暮而归的淡淡忧伤。

我和爸爸边吃着故乡特有的热腾腾的火锅，边听着奶奶用浓郁的翘舌方言絮絮叨叨。

夜幕降临，小城被深褐色的轻纱笼罩，星光点点、朦胧而深邃。五彩霓虹灯纷纷亮起，与火红通亮的灯笼相得益彰。小城拉开夜的帷幕，酒吧里劲爆地响起打击乐，"咚咚咚"冲击着人们跃动的心。闪烁的霓虹灯射出一道道绚丽的灯光，映在红色灯笼上，把现代的节奏与传统的气息无形间紧紧相连，演绎出了现代与古朴的完美结合。

爸爸说他的故乡充满神话，他和我都是神秘歌谣里走出来的音符。

夜深了，虫开始吟唱，小城也逐渐趋于安静。清风还是那么微缓，河水还是那么幽碧。

时光岛

　　一月的三亚似乎是夏天。枕着一夜好梦的我在船行颠簸之中，欣欣然拉开窗帘，看到远处一片海岛。

　　这里是蜈支洲岛，三亚最美的小岛。

　　船缓缓靠岸。搭上简单的电瓶车，随性地挑了最后的座位。我喜欢坐这种座位，这样，我的视线与车行方向背道而驰，风景尽收眼底。从连绵不绝的山峦一路向上，一眼全是浓翠色的椰树。蓝色的天空，石灰色的礁石，奶咖色的海像个孩子，潮起潮落。

　　车向前开，我越过椰树，以盛气凌人的姿势对海指指点点，像皇帝检阅着他的万里江山。我不喜欢把水比作女人，但又觉得除了比作女人，似乎又找不出其他可以比拟的对象。大海让我暂时忘记了早起的烦恼。路人大多像我一样抱了个青椰在边走边喝，有的赤脚走在沙滩上，有的提裙戏水，有的坐在礁石上放下头发聆听海螺发出的歌声。蔚蓝的海的颜色有重峦叠嶂的深邃，抑或有上善若水的单纯。

　　在这里，我变得矫情，恍惚间竟然以为自己是世界上独一无二的海的女儿。海会封存所有人的记忆，重复微波与壮澜，重复潮起与潮落。

下了车，我们迫不及待地冲向沙滩，徒手抓了一把白得很自然的沙。一不留神，几个指缝中流出了如同丝帛一般的沙。而牢牢攥在手心里的一点沙，便是海封存的时光。于是，我把蜈支洲岛唤作时光岛，美好的时光岛。

我捡了根树枝，在白灼的沙滩上写下了大大的"Sea"。海水温柔地漫过我的脚踝。金灿灿的暖光浮在海水上，浅浅的风吹起了微澜。"Sea"的字样被沙流填平了半身。浅动的海水，此时像一头未成年的野兽，犯了错后怕他人责罚又不肯离去。奶绿色的水衬托着橙紫色的光线悠悠地晃着，骄矜灼目。落日的余晖洒在海面上，像仙女在翩翩起舞。这里没有冬日，温暖笼罩着整个小岛。

Corinthia Hotel London 15/11/2016

岭南

> 试问岭南应不好?
> 却道,此心安处是吾乡。
>
> ——题记

"一骑红尘妃子笑,无人知是荔枝来。"我也喜欢吃荔枝,自视吃荔枝三斤不上火。可今荔枝不比昔荔枝,杜牧过华清池时一定不好受,否则如何写得出如此哀婉之句。既然不好受,何不去改变,还是无力去改变?

杜甫诗里没有李白"长风破浪会有时"的豪情,也没有秦观"金风玉露一相逢,便胜却人间无数"的柔情。上天给他的只有如晏几道笔下的"歌尽桃花扇底风"的破败和杜先生本人"无边落木萧萧下"里所撰的颠沛流离。

岭南是南蛮之地,石壕村也不过战乱小村,他没有不食人间烟火,而是熟知人情冷暖。作为一个残国的诗人,他只消演好这场盛世斑驳的戏,成为一个证人即可。但他还是选择了相信希望。"感时花溅泪,恨别鸟惊心。"那又如何呢，他相信真挚的情感能战胜乱世的幻灭。

世界上出现一个名人便可回忆起一段过去。人们在提起他时，有可能想不起他所处的时代背景；而被问及朝代时，却永远会记得他的存在。如苏轼。他的成名大约是因为《水调歌头》。"欲把西湖比西子"等名句让他成为那种宴会开场时的"原来你就是大名鼎鼎的……""原来你就是著名的……"相视一笑，其中的客套心知肚明。

他根本不在乎是不是能够改变世界，他生活得游刃有余，这就是游戏规则。上天给了他一世的波折，他以微笑相许，一笑而过，于是大笔一挥，"人生如梦，一樽还酹江月"。他撑着小木舟去喂红鲤，把俸禄装在竹筒里挂在屋檐下。"但少闲人如吾两人者耳"，他是闲人，又不是闲人。老天，你看，他还是活得很好，他以真挚的微笑报以冷酷的处罚。

他说，他只是一个凡人，心胸是真挚的。遭遇再大的不幸，也要活下去，以微笑面对。

爱上书店

如果把人生叠合成一本厚厚的书，你活在第几页？

如果把人生搭成一家别致的书店，你站在第几排木架？

我爱上书店是从很久很久以前开始的。

旅行的时候坐在藤椅上看着对面的木房子，牛角风铃随进进出出的人转起来，老式的嫁妆柜伫立在门口的一束大丽菊旁。里面的书有点旧，彩色大屏幕电视机半睡不醒地放着过时的电影。听不见高跟鞋踩踏木板的声音，看不见坐在书架下玩手机的少女。这里有一种被旧时光摩挲过的粗糙而温暖的质感。所有的一切像文艺复兴时的油画般淳朴。有风翻动书页的声音，有放在脚下的旅行箱，也有闭目养神的老板和精心刺绣的老板娘。

如果你爱旅行，请来小书吧。

轻轻地坐在柔软的沙发上，如释重负般把自己扔进时光的漩涡中。点不点咖啡都无伤大雅，你在这里会看见穿着棉布裙、平底鞋的女孩子，她一边端着咖啡一边品味手上的书。你的背面会是一排整齐又厚实的书，被随手搁置在白色铁质桌子上，桌上铺着极其艺术性的桌布。空调开得很足，但不至于像大型商场里那样寒气逼人，橙黄色的灯很低迷却又很温暖，空气中各种温醇的咖啡味像过滤机一样过滤掉所有的人生标签。这里不喧闹，也不安静，有碰酒杯的声音，有走路时行色匆匆的步调。挂在墙壁上的画也许是凡·高的，也许是莫奈的；老式唱片机唱针读出的音符也许是陈绮贞，也许是小野丽莎；落地窗外停放的也许是自行车，也许是小轿车；门口的植物也许是芭蕉，也许是常春藤。所有的一切，都像巴洛克时期的画，落笔磅礴而奢靡。在这里，心灵就像植物一般呼吸吐纳，偏安一隅。

如果你偏爱小资，请来咖啡店里的品书角。

从图书馆的中心向下看，白色的台阶上一级一级都坐满了人。有的看着手机，有的戴着耳机听歌翻书，还有的用只有彼此听得见的声音交流。从一排书架空隙看过去，就能看到下一排。这样乐此不疲的游戏就像在玩捉迷藏。

图书馆多是百叶窗，这样的窗户，一半阴影一半阳光。早上有鸟透过窗外的树看着窗内，阳光像油漆一样涂在某一处上。很多人会把自己藏在书架下面，惬意、安然。如果你慢慢寻找到了一个你从未去过的书架，像是抓蝴蝶而迷失在别处的小孩，这时，你内心会像平静的湖水里投入一块石子，然后像婴儿一样笑起来。

如果你热爱独处，图书馆是最好的去处。

如果把人生建成一家别致的书店，我愿意站在阳光下，接受这最好的馈赠。

那一刹那，我懂得了自己

我是一只豪猪。

我慢慢悠悠地躺在动物园的栅栏里，顶着毒辣的太阳看着同伴们讨好地看向那边的人群。不断有食物从玻璃窗外被扔进来。每一次，都会吸引一群同伴贪婪的目光，于是扎堆地争抢，极度没有尊严。

我笑了笑，没有说话。

我们就是供人玩乐的玩具，有什么尊严可言？任人摆布，任人宰割。

同伴对我说："你为什么不吃？"

我极力摆出一副无所谓的样子，往它的身上用力一扎。

它没有反抗，只是对我说："我们的刺是用来保护自己而不是用来伤害同类的。你不是哪个星球的中心，不要指望全世界都围着你转。你没有出众的领导才能，凭什么看不起我们？"

在这一刹那，我表面虽波澜不惊，但内心像被针刺穿了一般。我没有出众的武力，也没有出众的领导才能，只是混在豪猪群里的小人物，却时不时要用另类的眼光打量别人，用刺扎同伴。我总是认为我跟别人不一样，不一样。

　　我跟别的豪猪又有什么不一样呢？

　　饲养员来的时候，我一样的眼巴巴地跟上去；选头领时，我一样的顶着他人异样的目光走上台；才艺表演时，我只敢在台下观看并且和他人一起说他人的坏话。

　　我和他人没有什么不一样。

　　我沉默而敬仰地看了同伴一眼，独自走开。

　　于是，夜深人静的时候，我咬着牙锻炼，紧紧闭嘴，生怕惊动他人；早上供人参观的时候，我活跃于人群中，用表演换取食物。

　　我也不知道这样的日子过了多久。有一天，我站在栅栏边，为同伴完成表演而鼓掌时，那个同伴来到我身边，笑着打量我。

　　"你是一只豪猪，一只骄傲的豪猪，一只有资格骄傲的豪猪。"它这样说。

　　我被它举荐到了头领面前，我平静地展示出我不为人知的努力成果。头领笑着点头。后来，我就顺理成章地成了后来的头领。我看到全部同伴都在为我鼓掌。

　　多年后，我问同伴："我变了吗？"

　　它似笑非笑："你，不是一直都是这样骄傲的吗？"

　　那一刹那，我懂得了自己。

第三章　借一下你的橡皮擦

Chapter 3　Could I use your eraser

眼镜记

　　越长大，就越懊悔戴眼镜这件事，总是在想，如果当初写作业、看书不离那么近，如果当初认真坚持做眼保健操，或者少看一些连续剧、动画片会怎么样，然而这都是无济于事的。

　　早两年有携带眼镜盒的习惯，现在干脆省了这麻烦——因为大多数情况下我都不会戴眼镜。于是也就衍生出了两种大麻烦——一是眼镜极难找到，我记性差，总是忘记；二是走起路来看不清楚别人的脸，别人和我打招呼，我总是莫名其妙，等我反应过来，那人已经走出好远。

　　小学的时候，一个班里戴眼镜的孩子屈指可数，三年级以下基本都用蓝布蒙一只眼，我们叫他"独眼龙"。等到五、六年级的时候戴眼镜的人渐渐多了几倍，也不流行"独眼龙"了，改叫"四眼田鸡"等称呼。初一几乎都嫌彩色塑料框土气，都用"酷酷"的黑框、白框，后来甚至病态到买空框或平光眼镜来遮黑眼圈。我是初二时戴上的眼镜。我的第一副眼镜框是透明的——然而在这之后的几年里，我几乎换了比自己年数还多的眼镜。它们被换掉的原因千奇百怪：有断腿的，有镜片碎的，有度数不合适的，有外表不够时尚被嫌弃的。

　　我对半天找不到眼镜的感受，可以用张爱玲的名句来形容："于千山万水之中，于茫茫人海之中，没有早一步，也没有晚一步，遇上了也只能说句——哦，原来你在这里。"而过程更像匆忙离家的孩子，翻翻床头柜，翻翻瓶瓶罐罐，翻出耳机线头和充电器……现在七点还差五分钟，连忙跑出去问奶奶。她矢口否认昨晚看见过。于是搜客厅。茶几上除了果盘和遥控器外一无所获。离七点还有一分钟，我想我是否能幸运地在洗手间的台子上找到它，而不幸的是，我运气并不好。没时间了，我冲下楼，心想：今天借别人的眼镜凑合地看一下好了。

　　突然妈妈的喊声冲破了楼道："你的眼镜在你的书包里，恩恩！"

　　又出洋相了。

我的朋友

幼儿园中，有一位叫作天天的小朋友，自我进园后，就与我形影不离。我们一起堆沙堡，一起扔沙包，一起放风筝。我们所到之处，尽是银铃般的欢笑声，清脆悦耳。有一次天天做了一个短发笑脸小玩意送我，用还有些含糊不清的童声说："送给你，我们是好朋友。"霎时，我们脸上都绽开了无比灿烂的笑容。一刹那间，我懂得了朋友的含义，那是纯净无瑕的童真。

小学时期，郁子成为我的好朋友。她与我谈天说地，一块爬树摘果子，一起信手涂鸦，操场上洋溢着我们的活力；她与我一同竞争，一同合作，一同欢笑，一同伤心；偶尔为了小事而赌气，课间还剑拔弩张，上课时又交换了眼神，下课后马上就握手言和，继续"疯癫"。郁子陪我度过了六年小学生活。毕业时，她眼圈红红地望着我，半晌，她说："我们还是朋友。"那时，我似乎明白了什么是友情的真谛。

刚步入初中，我选择寄宿。那天我极度思念妈妈，对面床的诗淇听到了我的啜泣，悄悄对我说："别哭了。"她重复着一遍遍安慰我："别哭了。"我凝视夜里窗外的灯，那雨点忽又凝成一片，蒙在眼上，她喃

喃说着安慰的话语。也许是我与诗淇有缘吧，我们经常夜里聊心事，有时会笑出声来，有时又会黯然神伤。现在，我才发现，朋友是理解与倾听，这便是青春的滋味。

　　进高中后，我的人缘突然无限好，好到知心的朋友多得不能一一道来，刷题、跳舞、义卖、演讲、拉赞助、出海报……我从来都是与一大堆男孩女孩挤在一块。

　　未来的朋友会是谁？我期待着。

一位颇有风格的老师

有这样一位老师，长得颇具"特色"。一张鹅蛋脸。也不知道是从哪儿捡来的芝麻，贴在脸上就成了眯成一条线的小眼睛。鼻子是个庞然大物。一张涂了口红的嘴巴一天到晚总是歪的。这些特征七拼八凑地拼成我的小学数学老师。

数学老师叫秦悠漠，但这名字几乎被忘了——这得归功于她平时的幽默。

秦老师有时喜欢搞一些小活动，其乐无穷。有一次，她上课时对我们说："现在我们来搞一次背课文比赛，哪个同学愿意上来？"我们相对而视，无动于衷。"可以抽奖的哦！""好唉！""太好了！"讲台下爆发出一阵欢乐声。"我先来！"单晓自告奋勇。只见她大摇大摆地走上讲台，洋洋洒洒背了一段课文。她刚背完，就迫不及待地问："在哪呢？"秦老师从口袋里拿出一个小袋子，里面装着大小不一的纸片。单晓抽了一个出来，上面写着"十颗糖"。于是，单晓得到了老师的奖励。"我也要，我也要。"一个个同学都上讲台背课文。可惜我们都抽到了一套试卷。大家垂头丧气地回了座位。"大家做了试卷，还有抽奖

哦。"秦老师笑了笑说。"不要了，不要了。"大家连忙回应。可是没有人反对做卷子，都铺开了卷子做起来。我纳闷，秦老师怎么有这么大的"魔力"呢？

有一次，秦老师问："为什么自由女神像站在纽约的港口呢？你们一定猜不出来。"

"因为它不在华盛顿，对吗？"一个女生问。

"错！"

"那是因为它不在马路上啊！"

"大错特错！"

"那是为什么？"

"哈哈，因为它坐不下来。"

"哈哈哈哈！"

这样的风趣插曲，在数学课上经常会上演。因为老师的幽默，我很快乐。

一日为师，终身为母。我从秦老师的幽默中学会了乐观、快乐，不管陷入危难，还是无路可走，都要积极进取。幽默的老师告诉了我：有乐观的心，脚下就有阳光大道。

英雄

在人来人往的地下通道里，有一个常驻此地的流浪歌手。他头发蓬乱，衣服破烂不堪，手上总是举着话筒。与常人不同，他只有一只手。

每次我经过那个地下通道时，都会听见那浑厚的歌声从通道中传来。那是一首励志歌曲。不知道为什么，自打我见过他，就从没听见他唱过情歌，反倒嗜好唱励志歌曲。他每天都嘻嘻哈哈。从他的歌声中，我可以感受到他的积极、乐观。也许是因为歌声传染了地下通道中的人群，大家纷纷丢下不愉快，有的干脆跟着他一起唱。

一天，我经过地下通道，歌声依旧。一边听，一边走。突然，背后传来打斗声，歌声戛然而止。我回过头，看见一男一女正在打架，那青年男子手中抓着女人的手提包，死活不放，女人拼命抵抗。青年男子冲着地下通道的人群说："你们谁也不许动，不然，我就杀了她！"人们停住了脚步。歌手毫不犹豫地放下话筒，朝着人群中那个青年男子大踏步走了过去，那空荡荡的袖口摆动着。他屹立在青年男子面前，什么话也没有说，只是正视男子的眼睛。青年男子不安起来，眼睛转来转去，眼神游移，他死死地勒住女人的脖子，不断地向歌手警告。

"小伙子，你有没有想过，你为什么要抢劫呢？"歌手发话了。

"为了满足自己的要求呀！"

"可是你知不知道，人的欲望是没有尽头的，你一旦选择了抢劫，就会永远迷失自己！"

"这用不着你管！"说完，青年男子松开手，朝着歌手走来。

歌手下意识地向后退了几步。只见青年男子一把抓住那只空荡荡的袖子，朝着歌手踢几脚，掐住他的喉管。歌手的另一只手抽搐着，眉毛扭成一团，用力一反身，捡起地上的麦克风，退后踩到报警系统。一碰，通道里警报声响成一片。青年男子见势不妙，一拳砸向歌手头部。说时迟那时快，歌手迅速转用另一只手挡住了拳头，两脚捆住青年男子的膝盖。这时，保安闻讯赶来，抓住了青年男子，那被抢的女子也重新把包背好，向歌手连声道谢。他脸上绽放笑容，一只手潇洒地摆着，那只空袖子也突然丰满了起来。

人群散开，我也跟着走开了。走到台阶上的时候，我忽然听见通道里传来的歌声："他说风雨中，这点痛算什么，擦干泪不要怕，至少我们还有梦！"这铿锵有力的声音回荡在通道里，也回荡在我心中。我想，他比任何一个残疾人都要坚强乐观勇敢，也比任何明星都更振奋人心。

他是一个真正的英雄，一个无名英雄。

照片中会笑的女孩

　　一个偶然的机会，我看到了丽的手机相册。而丽，是一个从不被同学看好的女孩，她没有朋友，所有人都觉得她丑。

　　翻开她手机中的相册，缓冲后的图像渐渐清晰，我怀着五味杂陈的心情看了起来。

　　第一张，是一个美丽的女孩子，倚在树边，嗅着桃花。

　　第二张，是两个俏皮的女生，拉着对方的手，做出很可爱的造型。

　　我正翻着，丽不知什么时候已经站到了我的身后。"蜻蜓，你看，这个是我同学"。她脸上洋溢着笑容，原本就小的眼睛眯成了一条缝，不太好看的脸庞上露出了笑容。

　　下一张，是她的父母，正襟危坐在木椅上。

　　我继续往下翻，全部是丽的同学，笑靥如花。我似乎意识到了什么，问道："丽，怎么相册里没有你的相片呀？"其实我知道为什么，只是为了彻底解开丽的心结。

　　"因为我要照相呀。"

　　"你可以请别人帮你拍呀。"我追问。

"……"半天，她没再回话，头低了下去。我似乎能听见她急促的呼吸声，感受到她不安的心跳。

我意识到自己触到了她的痛处，便不再吭声。

"……没有，我不好看，怕别人嘲笑我。"丽微微抬起头。像丽这样长相不好的女孩儿，遭受了多少冷眼？是不是每一次拍照时她都会在远处偷偷羡慕那些打扮得美艳动人、受人喜爱的同龄人？我想，拍一张照，是丽的心愿吧。

我装作心不在焉地说："我给你拍一张照，好吗？"

"……"沉默，犹豫，再次没有回应。

"好吧。"很久，我才听见丽讪讪地说。

我接过丽的手机，果断按下了快门。照片里，丽笑的时候真灿烂——她终于成了照片中的人物。

我真庆幸，是我让她成为照片中会笑的女孩。

六只杯子

水杯的功能是盛水。

印象中的那六只水杯，却盛满了初中阶段六个人的友情。

那六只水杯属于我原来小组的六个人。

当我心中充满憧憬与懵懂踏入初中的时候，当我羞涩胆怯地第一次向他们开口说话时，就被他们的热情与真诚打动，很顺利地融进了他们这个"大家庭"。

自那以后，我们一起学习，一起竞争，一起合作，一起生活，有欢笑也有伤感。成绩好的小琪，活泼开朗的小鸿，内敛的小刘，善良的小雨和小晖，当然，还有芸芸众生中普通的我。

为了方便喝水，我们每人都有一个水杯。

有天课间，小琪起身去饮水机接水，我笑着拿出水杯，伸到她手旁。她笑了，心领神会地拿着我的水杯，转身走向饮水机。

又一天课间，小鸿起身去接水，我顺势把水杯放到他面前，其他几个人也不约而同地将水杯推到他眼前。他笑了，一一接过，转身走向饮水机。他蹲下身子，伸手握住一个水杯，细心地拧开盖子，扳住

开关，灌水。一次次反复，终于，他捧着六只装了水的杯子回来了。六只或颜色鲜艳或朴素华美的杯子在桌上排成一排。透过杯壁，我看到了清澈的水，盈盈的，泛起细细涟漪，甚是好看。

小鸿两颊绯红，喘着小粗气。

"累吧？"我问。

"不累。"我们六个喝水的人都笑了。

也许是别人倒的水格外甜，自那以后，我们形成了一个惯例：只要有人去接水，就会将其他五个人的杯子一同带去。也形成了另一个惯例：只要有人去接水，其他五个人就会将自己的杯子往他面前一摆。

一切都那么顺理成章，那么理所当然！

于是，我们每个人都练到了一种本领：将所有杯子揽入怀中的动作是那么熟练顺手，那款款走向饮水机的步伐是那么优雅自如。

又一次，本是小琪去接水，可小鸿抢着要去。小琪笑了笑，不再推辞。于是，那六只杯子里又装满了水，但似乎又不是水……

一切都那么自然而然，一切都那么配合默契！

几个星期后，老师宣布要调整小组。那天下午，小鸿又去为我们六个人接了一次水。望着他的背影，我心情十分沉重，我们这个组合要解散了。

倒好了水，他把六只杯子又依序排在了一起，红、橙、黄、绿、青、白。六只杯子似乎也在互相问着：新组合的小组又会有什么样的故事呢？

我的咖啡不放糖

又是一个人来到咖啡店。

店里很静，我求之不得。我只想一个人静静地思考，思考某件事，思念某个人。

我挑选了一杯黑咖啡，不加任何糖。

糖是咖啡的保鲜剂，没有糖，咖啡会变得苦涩。但，糖一旦失效，咖啡就会变苦，甚至比原先更苦。就像有些友情，一开始甜得发腻，但到最后会使人感伤；而有些友情，开始历尽苦难，后来长久维系。

想到友情，我鼻子一酸。

似乎有说不出的苦。

咖啡不知何时已经端上了桌。我稍稍抿了一口，出乎意料地甘甜。但我确信它没放糖。

因为它纯黑得没有一丝杂质，像我遇见念时的眼眸。

遇见念是在一个言情小说泛滥的夏日的雨后。她不是忘记带伞的女主角，我也不是热情慷慨的女配角。她几乎就是在我眨眼一瞬间走到了我的伞下。

"你不用我帮你拿书吗？"她问。

"不用。"

"那你就搬着你的书，一路淋回去。"她浅浅地一笑。后来，一切都发生得十分程序化，一起上学，一起疯玩，一起唱歌……

思绪又扯回到现实。咖啡在我的摇晃下变得有几分混浊，似乎掺杂了苦涩。

后来发生的事情却那样不同寻常。

不知是小心眼在作祟，还是虚荣心在捣鬼，我由于一些小事与念闹翻，转而与另一批新潮的女生走近，继续我的狂热，继续我的高调。但被冲昏了头脑的我，却还是在无意间看见了念那张写满委屈和失落的脸。

终于有一天，那群女生又另觅"新欢"，我被排斥在外。那几天，我独来独往，看见她们在欢笑，心中总会想哭。我似乎理解了当时念的心境。后来，我又走近念，发现彼此熟悉如故。那一晚，我给她写了一封很长的信，纸上有打湿了泪水的痕迹。

第二天，我看见念，她的眼睛红肿着。

以后的事，就是天天与她走在一起，话不多，但能感到重拾友谊的温暖。

眼前渐渐被雾水模糊，出现的，是咖啡。

我看着手中只剩小半的咖啡，心中漾起一种难以言说的希冀。

友谊，需要且行且珍惜。

我的咖啡不放糖。我们的友情不会变质。

忽然之间

教室里，同学们正在专心听课，忽然一声闷响——

"噗——"一个女孩摔在了地上。

她的手上攥着一个纸团。

而坐在她旁边的女生脸色发白，豆大的汗珠从额上渗出。

响声过大，老师放下课本，径直走到了女孩的旁边。

教室里静得只剩下老师沉重的脚步声和部分同学的唏嘘声。

女孩想支撑起身体，但被割开一个小口子的手臂告诉她这不可能办得到。

女孩叫安琪，而她旁边的那位女生叫艾琳。

老师有一双大眼睛，此时她用它来温柔地看着痛苦不堪的安琪。

艾琳嚅动着嘴巴，欲言又止。

安琪被老师搀扶了起来，软塌塌地坐在椅子上，漠然地看着同学们惊异的眼神。

她的手舒张开来，不幸，那张纸条掉了出来。

老师的目光立刻凌厉了起来，两道弯弯细细的浅棕色的眉毛皱了

皱，她的上下牙齿咬咬唇瓣。谁也不知道下一秒她是否会发怒。

教室里的气氛忽然严肃起来，艾琳惊慌失措，安琪表情凝重地望着老师，涨红了脸。

有人开始小声议论。

"安琪这下死定了。"一个女孩小声笑着说道。

"就是，你看艾琳恐慌成那样了，"又一个女孩讥讽着，"不知道老师会怎么处置她们。"

老师望望她们，弯下腰来，对安琪和艾琳说了一句："不小心摔倒了，赶快爬起来！"

话语很轻，像蜻蜓点水一样轻柔，却在她俩心中漾起大大的波纹。艾琳和安琪以及所有同学都理解了这句双关语的含义。

之后老师冷静地对大家说："安琪摔倒了，大家没必要如此惊异，继续上课。"所有同学的目光又回归到老师的身上，所有同学的思维又聚拢在这位年轻女教师的讲解中，课堂教学有条不紊地继续进行……

对于大家来说，这是一场小小的插曲，而对于艾琳与安琪来说，这是一次心灵的洗涤。

终于熬到下课铃响的那一刻。

老师回到办公室，看见一张蓝色便笺，上面娟秀的字迹，是安琪写的。

"亲爱的老师，对不起。也谢谢您保护了我们可怜的自尊。我和艾琳用传纸条的方式在您的课堂上谈论一本叫《忽然之间》的书。

"忽然之间，您选择了善意的谎言；忽然之间，我因违纪而摔倒；忽然之间，您给了我们一个改错的空间。有您我们好幸福。您回头看看，忽然之间，我们给您一个惊喜。"

老师回头，艾琳和安琪站在门口，朝她大喊："老师，您好漂亮！"

碟片

　　我一直惦记着那张失踪了十几年的碟片。

　　那时我们家还不大，顽劣的我经常对家里的一切事物进行各种破坏——我无拘无束地在墙壁上画画，无忧无虑地用刀在书本上刻，无法无天地对着门拳打脚踢。唯独那张《狮子王》的碟片，我一直供奉着，好像它是高高在上的主，我是虔诚礼拜的教徒。

　　我实在太喜欢它了，以至于直到现在，我都经常忘记其实我只看过一次，但是我深深地迷恋着这段记忆——辛巴如何从刀疤舅舅的爪牙下重新掌握狮族王位，如何从失去父母的悲痛中走出来。这画质无与伦比的碟片，在我的脑海中停留的时间长之又长，以至于每次我听见主题曲就会兴奋地喊叫。

　　后来，我家搬走了，一些零零碎碎的东西在迁徙途中落下，其中就包括它。

　　我曾经试图寻找它，希望它突然出现在床角或者柜子里抑或是在卡包里，而它没有。不过我很快就忘记了它曾经对于我的意义——因为我有了一群新朋友，而她们似乎对狮子王辛巴的故事毫无兴趣。偶

尔提及这部"幼稚"的卡通片时，我会学着她们的样子说："是的，我看过它，但是它一点也不足为奇。"

当我再次记起它对于我的意义时，我已经从最初迷恋黑色的女孩回到那个不为一切小事物所着迷的我。现在的我，生活很充实，偶尔有不和谐的插曲。我突然明白，这一路走来，我从开始慢慢地走远，再一点点地走近，最后画成一个完美的圆。而我在完成这个圆时所经历的一切，均是一段段值得保存的记忆。当我回忆为什么我会把一切用品换成黑色时，我会想："是的，那足够蠢，但这是回忆，回忆弥足珍贵。"

在这个过程中，曾被丢弃的《狮子王》或许并没有那样的有大意义，而它的珍贵在于，无论我的轨迹偏移多远，最后都会思念这个"老家伙"。它已经陪了我十几年，但它会滞留在我的回忆里一生一世。

手工世界

我没有专门的布料和工具，却很喜欢做一些类似于布包、布娃娃的东西。

不知道为什么，从三岁起，我就对做手工特别感兴趣。开始是纯属自娱自乐，后来到了上小学三年级时，编过很多条手链，居然还送出过几条——两条送给妈妈的同事庄阿姨，两条送给楼下的姐姐……

我喜欢一边听音乐一边制作手工艺品。夏日热风吹来，我会把空调打开，坐在地板上哼歌缝线。

"想要光着脚丫，在树上唱歌……"我哼着歌，缝着手中的东西。这是我从一件穿过的旧衣服上取下的布做成的小毯子。我不喜欢用机缝，总觉得太单调，就像这样一针一线地将缝时的快乐和幸福的情绪丝丝缕缕地赋予这块布，在我看来，就是最好的。

"嗒嗒，嗖嗖"的声音不绝于耳。眼前这块小毯子已成雏形，我拿起一旁已做好的拼布。这块拼布是我从旧衣物上，或妈妈废弃的包包上，剪下来的零碎的布拼在一块儿做成的。各种拥有幸福感的布拼在一起，成为一条为我生活带来快乐的毯子。

　　都说手工物件是预约幸福的东西。何尝不是呢？我沉浸在自己营造出的氛围中，纱窗外拂来一阵微微的暖风，与空调的冷气调和、交织成一股包容着和美的气息。

　　快乐与幸福不是花重金可以买来的，它或许只是你停驻片刻时视野里咖啡店外的一盆小雏菊；或许只是你倚靠在大树下看书时的一丝一缕清风。

　　带着这种情趣，我就一直缝制着这条小毯子。终于，到了最后一个步骤，抓软角。等我将它缝好，翻回正面时，我才发现，这毯子正面比我想象的还要美。原来幸福在你还在企盼见到它时，早已经在离你只有一步之遥时酝酿好了，等你转个弯，就会看到它。

　　每当我出去旅游，从兜里拿出自己做的特色小包包时，伙伴们都会惊叹不已。那时，我觉得心里充满了甜蜜。我将它送给了小伙伴，希望它也能让伙伴们沐浴阳光。

　　试着去发现每一次不起眼的体验中的美吧，这是手工制作给我的感悟。

　　我预约了幸福，等待下一次与它重逢。

不停

下午，我极不情愿地被妈妈叫醒，坐在桌子前翻开昨天已经画好的封面，不一会儿就沉浸在自己营造出来的矫情又美好的臆想中。

不知怎么就想起一本《浮生物语》的书。买这本书主要是因为封面好看、文字华丽，而且当时我为了使自己文笔古典，一时冲动便买下来了。

当时我正处于写小说被妈妈发现的日子，每天不停地想写点什么。其实我从小就喜欢写，从幼稚到追求古风，一直就这么不停地写着。

初中班上有一习作高手。我还在兴奋自己作文写得还不错时，读到她写的《海棠》，我就只觉羞愧，于是我开始天天练笔。

我的思绪天马行空，但我不停地写，有时灵感突现我会立马记在脑海里，然后马不停蹄地写下来。

虽然每次翻自己的文集都会抱着一种看笑话的心态，虽然我发现我并未超越我想超越的人，但我还是一如既往地爱写作，爱创作。

我喜欢翻字典，不停地找美丽生僻的字眼，渴望用在文章里，然后一鸣惊人。结果往往是别人文采飞扬，而我嘲笑自己，然后继续埋

身查阅《辞海》。

《浮生物语》里有个小店子叫"不停"，我一时大脑充血便用了这个标题。于是，就有了这篇随笔。

我希望我的同龄朋友都像我这个另类一样，爱写作，爱作文，且爱且恨文字。然后，我们在写作这条路上，不停地走下去。

The Swan Castle

快乐阅读，滋润我心

我认为，阅读就和喝水、吃饭、睡觉一样寻常，也和穿新衣服、吃好东西一样令人向往。我在阅读中成长，在阅读中享受。

一、阅读对我气质的熏陶

有些同学为什么学不好语文，写不好作文，很大程度上是他阅读的深度不够。

阅读的重要性，其实并不局限于写作和积累。我觉得阅读能体现出一个人内在的气质。一个人能力的高低并不是第一眼就能看出来的，而外貌和气质却最能首先打动人，所以第一眼给人的印象是非常重要的。我妈妈常说："一个人有没有本事要经过考核和检测，有没有修养却可以从外表流露出来。"这也许就是现在流行的"养眼又养心"的说法吧。

所以，如果要在别人心中塑造出自己所期望的完美自己，就一定要学会收拾好自己的情绪，把喜怒哀乐化作一种内在涵养，做一个干

净的人。

　　我不知怎么阐释"干净"这个词，但好像唯有此词，方可表达我这些说不清的意境。跳大型集体舞时，评委会说舞台很干净；画一幅巨幅画时，画家会说画面很干净，我这里说的"干净"大概也就是这个意思吧。

　　我今天要说的读书不是指书卷气浓厚的文艺腔，也不是装模作样的小资。就像爱花之人种花，不是什么花都种，也不是种得越多越好，而是要适可而止，就像文艺复兴时期的油画。

　　每个人都有自己喜欢的书籍，每个人都会被自己喜欢的书所影响。选什么书，看什么书，是一门大学问。阅读的时间越久，它的潜移默化作用便越明显。多读书，读好书，古人说的一点都没错。

二、阅读和我的生活息息相关

　　小学时，我也是被我妈强迫阅读的，从外国名著到古典小说，从杂志到经典，统统不限，只要读了就行。但是我觉得其实有时逼迫也不失为一种好措施，因为不是每个孩子都能像"别人家的崽"一样自觉，所以偶尔的逼迫也是一剂良药。

　　的确，书里有取之不竭的金山银矿，书里有无边无际的旖旎风光。我有时还会向妈妈推荐一些好书好文章好段落，让她开阔眼界呢。

　　我家最大的财富就是书。我家的装修特点与别家不一样，石头、瓷器、字画和书籍浸润在爸爸的茶文化和酒文化中。从小我就生活在这样芬芳浓郁的环境中。

　　我家六楼是爸爸妈妈的居室，爸爸有一间大概六十平方米的大书房，还有一间大概三十平方米的小书房，四面墙壁全部是书柜，装满了世界各地各种版本的书。我随时都可以从书柜里抽出自己想看的书。

　　我居住的七楼更是我自己的独特小天地，我的卧室里有一个小书柜，客厅的东墙则有一长条大书柜，里面分别装满了各种类别的书和杂志。

　　到我十一岁左右，妈妈再也没有规定我每天要读多少书了，所以我的读书其实是漫无目的的，这应该也算是我悠闲舒适的时光。

　　我的作文其实也并没有那样的精妙绝伦，只是我会把在书上看到的一些精美句子用以点缀，这些亮点常常会让我获得心仪的分数。阅读对于我来说，不过是信手拈来和每月花上那么几十、几百甚至上千元钱去买几本书刊的习以为常。阅读对我的影响就是那种"可意会，而不可言传"的感觉，我根本没有那种一提到书就会产生"感谢书籍，在我生命中不可撼摇的地位"的体验。因为它在我的丰富多彩的生活中不过是一件普通的事。小时候我每个月雷打不动都会买《茜茜公主》和《小公主》画册，初中时我每个月会买《会意》和《恋物志》。高中时，我便购买《国家地理》《世界博览》……

　　如果只看与学习有关的书，那是狭隘的、单调的、无趣的。我认为只要是能让我们吸收养分的书，都可以看，但是要分轻重、主次。我也被妈妈没收和撕碎过很多漫画书和安意如的书。她不知道，在那些被她看来毫无用处甚至还有一点小坏的垃圾书里，也能闻到一些现代的气息。因为我相信任何人写任何书总会有他的目的，但不管是运用什么手法写什么内容，总有它的独到之处。每个作者都不想被别人看扁，所以每本书对于读者而言，总还是有可取之处的。

三、阅读对我的语文学习的影响

　　我记得我把阅读作为我语文学习的一部分，大概是从小学二年级开始的。有一次出于虚荣心，我把在书上看到的好句子一股脑全都用

在了作文里，然后我就听到老师第一次表扬的不是那个成天夹着一个花夹子的小女孩，而是我。虽然这个故事有很大程度上的反面意义，但我敢说每个语文学习成绩较好的同学都干过。语文和阅读对于我来说，就像连体婴儿一样，谈到这个就必定会想到另一个，这大概就是由此及彼吧。我觉得，也只有把它们紧紧结合在一起才会对学习有帮助。所以阅读对于我语文学习的影响不仅在于能在考试中拉分，更多的是能够让自己在某一段学习路上有发愤图强的动力。

一些迫切想要表达的意思，你如果用很干巴的语言来写，自然就没有什么吸引力，连自己也不喜欢。很多同学都想用很有水平的表达方式，但是苦于没有词语和角度。我就不太一样，我能从侧面很委婉地表达或者从反面去衬托。我妈妈总说我上初二以后写的作文句子很朦胧，但这正是我要跟她较劲的地方，我不想写得太普通，不想写得没有才华，不想写得让人一眼就看明白。

我会把一些从书上看来的好题目进行模仿改造。初一的时候，学校要我们编一本寒假作文集，我就给自己的作文集起名叫"时光本来如寄"。妈妈问我怎么起个这么怪怪的名字，我说："这是我在模仿梁实秋的《人生本来如寄》。"

我会把一些诗句恰如其分地"剪辑"到作文中去，比如我写春天，是这样写的："人面不知何处去，桃花依旧笑春风，她，永远是春的明信片。"我写月亮，是这样写的："我想，她会不会随性吟出'峨眉山月半轮秋'或是'又疑瑶台镜，飞在青云端'一般的洒脱诗句？我笑笑，那月亮也宛若解嘲似的笑笑。"

我会把电视和书里的有趣的句子和精彩段落进行"移植"，比如，看了《爸爸去哪儿》，我就在写童年的主题作文时写道："笨小孩，我们去哪儿？去那泥鳅钻过的田野里，好吗？"

我会用上一些名著里看到的写作手法，比如渲染，就是我最喜欢用的。用工笔一样的笔调去轻描淡写或者浓妆艳抹，都是我表达情怀的好方法。

看多了外国作品，我就觉得外国作家的胸怀宽广宏大、实在而且华美。我最崇拜莫泊桑、海明威。在学了《项链》一课后，我在家里的书柜里找到了莫泊桑的全套作品，粗粗看了一遍，确信其手笔不同寻常。所以在我的文章里，经常会看见一些外国名字的主人公，这是我针对应试考试时不能写真实名字的一个小方法。我不喜欢"小明、玲玲"这种生硬的叫法，于是我用"厄忒妮、汤姆生、史密斯"等化名。这个小窍门还不知道阅卷老师是否认可，可这是我心中的小秘密。

四、我的阅读小技巧

1.学会眼到、口到、手到。

眼到好理解。口到就是要读出声来。阅读阅读，就是重在"读"上。所谓读，就是要用别人能听到的声音把好的内容朗诵出来。老话说得对，古文要多读，读通以后，意义情感自然而然就明显了。手到，指的就是拿笔在好词好句下做笔记。这样不仅不会忘记好句的位置，更重要的是在再次阅读时就可以着重推敲意思，斟酌情感。它为什么要这样写，这样写的好处是什么，统统都会浮现。

眼到、口到、手到后，心自然就到了。

2.学会在书勒口多读。

书的勒口，就是指与书封相连的小页，多是写作者简介的地方。特别一点的或是精美的书也许会把它做成不同的样子，附上不同风格的文字。当你读勒口时，你若是用心读，便可以发现勒口对书的内容有模糊或明朗的概括。这就是"一书一勒口，勒口即入口"。扉页也有异曲同工之妙。人们常说的细节决定成败，说的正是这个道理。

3. 学会把好东西移花接木。

一本好的书，不管是带着小清新还是饱含大哲理，都会有让你怦然心动的句子。这个时候，你可以翻开一个本子。女孩若是文静，就用一本旧旧的碎花封皮本；男孩要是疏朗，就用一摞薄薄的小牛皮本。你工工整整地抄写它，像把整个世界握在手里，你会发现你从来没有这么去珍惜过一样东西，生怕把它弄皱一丝一毫。说实话，摘录了满满一本小册子，你会发现自己的语文水平突然间猛往上抬高。当然，前提是，你懂得移花接木，懂得怎么把生活中的一点一滴用干净的文字写下来，先模仿，再创造，绝对不要生搬硬套，不然，你有可能会被人觉得是抄袭。

4. 学会不顾一切去找到喜欢的书。

人各有喜好，只有你自己才最了解你自己，才知道你最喜欢什么样的书。当你克服重重困难找到一本你真正喜欢的书时，你会迫不及待地把它打开。然后你就会记得很清楚，微小到这本书的每一个字。古人说书非借不可读也，但我喜欢买书，不喜欢借，我觉得借来的书不尽兴，而且借来的书要还，万一我想再翻阅一下就很麻烦了。

1980

　　如果很多很多年以后有人问我，你最喜欢哪个年份，我会不假思索地回答：1980。

　　因为这一年，举世闻名的哈利·波特诞生了。

　　这个年份不是一个冷冰冰的数字，而是糅杂了我太多笑与泪的故事集锦。

　　很多故事情节永远会令我记忆犹新。哈利、罗恩、赫敏、德拉科、海格、邓布利多、斯内普、麦格、伏地魔等这些虚拟的人物像钥匙一样开启我记忆中最美好的情景。

　　1980年，哈利的额头上多了一道闪电疤痕，于是，我学着书里描述的画面也用黑笔在自己的额头上画上一条乱七八糟的闪电。

　　1980年，海格骑着他那破旧的飞天摩托依依不舍地擦着他那粗糙大脸上的眼泪。他向襁褓中的哈利挥着手告别，而我却满心期待着10年后他们的相遇。

　　1980年，那个连名字也不能提的大魔头只用了一个无声咒，莉莉和詹姆就消失了。可是我却只记得莉莉对哈利说的"我的宝贝，你要好好地好好地活着"以及那道无坚不摧的魔咒——"爱"。

1980 像是一位垂垂老矣的长者，在远方对我微笑致意；1980 像是一个活泼年幼的孩童，在身旁向我致以笨拙的队礼。

那个时候我是多么恨斯内普啊。可是现在我又多么尊敬他，他带给人们返璞归真的启示。

那些远方传递过来的声音，总是勾起我的童真，那些曾经看得不真切的美好正在一点一点清晰。

1980 年，斯内普抱住死去的莉莉，并从此立下保护哈利的誓言。仁慈睿智的光芒从字里行间折射出来，照明了我成长的路途，呼唤着每个人心中最本质的善良。

我天真地以为我 11 岁时也有一只猫头鹰停在窗口上，它会带来一封印有霍格沃茨魔法学校字样的信，里面会有邓布利多流畅的圆体英文和一张车票。

1980，这是最坏的时代，也是最好的时代。

1980，这是那七本书开始的时代！每一本书都承载着比童话更加令人憧憬的故事，每个故事都渗透着最真、最善、最美的寓意。每读一遍，闪烁着魔法石光芒的文字都在呼唤着每个人脸颊上最淳朴的笑颜。

那些我倾注了整个童年和爱心的风景在向我招手，内心紧紧拽着温暖。

敬畏黑白电影

不管怎样，明天又是新的一天。

——《飘》

20 世纪 20 年代的好莱坞黑白电影大多都被后期人工上了色，例如《飘》，人们看见了斯嘉丽俏丽雍容的绿窗帘裙，以及白瑞德黑色的西服。

可是这样反倒失去了最初的那份干净。

我喜欢黑白电影。黑白就好，不必要大牌的明星。我对黑白电影，常常怀着一种特殊的感情。

当我还不知道伊丽莎白·泰勒瑰艳的绝世紫眸，还不知道玛莉莲·梦露的红唇，不知道奥黛丽·赫本的褐色眼睛的时候，我深深地陷入了只有黑与白两种颜色的世界。

这样的画面干净、隽永。12 岁的泰勒趴在草坪上和小狗莱西玩耍；剪成秀美短发的赫本孩子气地吃着甜筒坐在罗马广场的台阶上，风扬起她的裙角；梦露坐在海滩上，白衬衣被浅浅的海水溅湿，她爽朗地笑着晒太阳。

在有些黑与白的电影里爱情很单纯，亲人分离团聚，友谊地久天长，一切都显得自然。

在《飘》的尾声时，斯嘉丽望着门外的夕阳，脸上露出了笑容。她满怀感慨地说："不管怎样，明天又是新的一天。"

赫本扮饰的安妮公主藏在三轮马车的酒桶后，朝骑同一辆自行车的朋友嫣然一笑，他们的眼睛闪烁着干净清澈的光。

点线面体，构成了世界。光影，造就了意象。

黑白电影，显现着时代的精华以及永恒的简洁。

我喜欢黑白电影，因为它的纯洁和简约。

绽放在校园的向日葵

　　一朵盛放的向日葵，开在画满来往学生的涂鸦和心情随笔的墙上。这朵并不美丽的花朵记载着一个又一个青涩的梦想。

　　这是班主任毛老师亲自布置的班级文化展示墙，就在我们教室前面的那堵墙上。那时的我们，怀揣着不安分的心思，各自有自己的故事。我们在墙上贴了一朵巨大的向日葵。

　　毛老师站在讲台前，认真地讲课，那朵花静静地伫立在她身旁。

　　我们一起追逐，一起努力，一起在漫漫的卷子海里同舟共济，一起在疲惫的课上提醒对方打起精神。此时的它，不再是一张平面贴纸，仿佛活力四射，面朝太阳，露出骄傲的神色。

　　而毛老师，她微笑着看着我们，如同阳光爱抚向日葵。

　　长跑的时候，我看见远处的太阳光晒得健儿们汗流浃背，但他们还是咬牙坚持着。当他们一头扎进刺眼的阳光，奋不顾身地冲向一个又一个目标的时候，就如同在燃烧青春。

　　我想起了那朵向日葵。

　　此时的他们与它是如此相似。

毛老师始终微笑着，眉目里带着欣慰。

初二会考后，所有的一切都变了。大家绝口不提过去的辉煌与失落，只是互相激励。没有毛老师，我们自己为自己的奔跑鼓掌，也为别人的胜利欢呼。

也许我们变了，但我们依旧还是那朵骄傲的自信的充满活力的向日葵。

我们渐渐习惯了这样的生活——每个人都在努力，奋力向前追逐。

世事是会变的，那朵生生不息的花朵终有一天也会变。有些人也会从生活中淡去，但我们一直在笑，一直坚定地、用力地、勇敢地走着。

我终于明白，义无反顾地在阳光下向梦想跑去的我们就是那朵绽放在校园里的阳光之花。

我们早已成为那盛放的向日葵。从我们种下希望的种子的那一刻开始。

暮色的魅力

夜色笼罩，行人匆匆。

夜色朦胧里的影像，投映在地上，成了行走的故事。

劳累一天的搬运工的身躯掩盖在暮色里，我能感受到其汗水在凉透的夜色里挥发。

他奔走于城市大大小小的街道和住宅区，用坚实的臂膀支撑起城市的脊梁。

暮色辉映，微弱的光线把搬运工的样子勾勒出来。他早已累得沉睡了，准备做个梦寄托他所有的爱。

也许明天他又会春风满面，脸上挂着淳朴真挚的笑容，忘我地投身于城市的建设。

暮色能够做到的，是抹去人的疲倦。

抱着文件奔走于街道的上班族没有迷情于路上的灯火，他们走在回家的路上。

暮色引出的温暖的客厅灯，在踽踽独行者眼中，就是家。

也许明天我们需要强迫自己走进浩瀚的人潮，在日复一日的索然无味中谋生，走向更高的地方。但是暮色，却总能准确指引我们找到家。

　　暮色能够做到的，是提醒我们该回家了，并陪伴我们走到家。

　　暮色的魅力在于，它为你的劳累解压，然后黯然退场，迎接新的一天。

永恒

我很少听见有人用"永恒"这个词来形容电影明星，但总会有人担当得起这两个字，就像无尽循环的 0.0000000……1，不管前面有多少个"0"，最终总会有一个"1"。奥黛丽·赫本便是这样一个"1"。

她有浓浓的长眉，风情而温婉的杏核眼，细高的鼻梁和鹅蛋脸，总是朝气蓬勃。那双会说话的眼睛总是兴奋得像小鹿一样有灵性。由于是混血儿，她拥有一层典雅而雍容的味道。

她永远是极其从容的，她最出名的一个形象是她在拍摄《蒂凡尼的早餐》里扮演的伴游女郎——点着一根雪茄，身着细腰的黑色长裙，头上的皇冠亚光黯黯。她饰演的是放荡而拜金的女郎，她朝珠宝店望去的眼神中本应是羡慕和渴望，但却有镇定自若的神态，嘴角微微上挑。这个是奥黛丽·赫本的招牌动作。

她永远是极其优雅的。玛莉莲·梦露凭借她风情万种的《七年之痒》一夜爆红。赫本却因《罗马假日》为人熟知。《罗马假日》里她一共就几件衣服，但公主穿上真丝浴袍时浅浅的笑容，终于让人体会到贵族的气质。穿白衬衣如今还是一种时尚，能让一种物件几十年不褪色地传承下去，说到底还是因为赫本这个人。

　　她永远是极其谦卑的。明星难免会生骄傲之态，总是有高高在上的心理。当大家沉迷于好莱坞的金脂玉粉、灯红酒绿的糜烂奢华生活时，赫本却悄然住在了一座树林里。她说，她只想多看看树。她从不戴手表，她不让时刻指针成为她生活的羁绊。晚年时，她去非洲慰问艾滋病儿童，与他们亲密接触。彼时，她就像一位知足的老太太，幸福而慈祥。这个世界对于她来说，是美好的，她不想清高倨傲。也许她就是一棵树，明知自己可以功成名就，但她选择默默身退。她说，任何的慈善都不是她心中最真实的出发点，她没那么高尚，她只是不想看到自己没有用。

　　对于赫本，让人记住的，说到底，还是因为她这个人的美与爱。

胡洪来

胡洪来是我的高中班主任兼语文老师，这个名字在雅礼如雷贯耳。

虽然我们已经是高中生了，但是在胡老师眼里，我们依然是孩子，小得像婴儿一样。他是两个孩子的爸爸，所以他习惯性地根据他的心情和所处的环境，随意叫我们小崽、小鬼或小朋友。

光头，圆脸，方框眼镜，胖墩身材，中等个子，这是他的标配。

我们叫他胡老板。

隔三岔五，他就会请客。月考后，他会骑车去超市买一堆平常我们吃不上的所谓垃圾食品。教室里弥漫着一股诱人的麻辣味。吃完了，他说："吃人家的嘴短，吃了我的小吃，给我拿出像样的分数来。"

一般来说，我们班的成绩年级排名靠前，但是偶尔也不尽人意。考砸了的时候他会大发雷霆。他怒目圆睁的样子很狰狞，有时他甚至几天不理睬我们。

我们叫他胡将军。

他豪爽，充满激情，从来都信心百倍。他要我们描绘自己心仪的大学。一开始谁也不敢上台演讲，于是他说他当年立志当一名有单车骑的邮递员，希望自己从此可以不用参加"双抢"，跳过"农"门。他也曾立志当一名警察，希望可以维护一方治安。他说这些的时候略显几分壮志未酬的失意。

他对我们说得最多的话就是"眉毛上的汗水，还是眉毛下的泪水，你自己选"。

我们叫他胡大侠。

他风风火火，敢吃"螃蟹"，勇于担当。一度我们班迟到现象屡禁不止，他一声令下实行罚款制度，规定迟到一次罚20元钱作为班费。全体家长居然一致赞许这个决议，于是拿着尚方宝剑的胡大侠更加有恃无恐。

甚至还有人省去他名字中最壮观的"洪"字，直接叫他"胡来"。他的确有点"胡来"。在一次"雅礼杯"足球比赛中，足球宝贝团跳舞跳到一半的时候，他突然蹿到我们的队伍里面，倒立、劈叉，旁若无人地跳起了迪斯科，围观的老师们一点也不觉得奇怪。

在我们班的一张集体照里面，有一个造型格外让人觉得异样——几个调皮的女生把手搭在他的光头上，他却笑眯眯地坦然自若。诙谐幽默的他曾戏称自己聪明绝顶。

说实话，我爸妈一直希望我的高中班主任是一个理科老师。但是，经过与胡老师两年的默契交往，我妈现在却经常在我面前念叨："在雅礼，选班主任就选胡洪来。"

张哥

张哥眉清目秀、玉树临风、风流倜傥，像极了韩剧明星，算是雅礼老师的颜值担当。如果让他去演偶像派电视剧，收视率肯定飙升。

张哥最惯用的方法就是激将法。

张哥说他高中时不学无术，是个校领导极其头痛的不良少年，年轻气盛、桀骜不驯、无拘无束、目空一切……高三第二个学期新换了班主任，开学第一天他就迟到。新班主任把他叫到办公室，狠狠地批斗了一番后，最后目光炯炯地挑衅他："当小混混算什么本事，有本事你考个邵阳师专给我看看，混出个名堂再来显威风。"于是，不服气的他轻轻松松努把力，花了三个月时间刷了一本高考题，随随便便就以高出一本线80分的成绩进了湖南师大。

张哥对我们说，后来他才悟出，新班主任用的是激将法。对他这种没有任何目标和斗志的学生，苦口婆心和明理励志是没有效果的，而用激将法就是所谓的因材施教。

他很感谢那位高三班主任，逢年过节都会回去看望班主任。我深信，以张哥的智商，如果早一年能有人这样点醒他，也许他考的就不是湖南师大而是北师大。当然，如果那样的话，也许我就遇不到这么有气场的张哥了。

张哥经常刺激我们："就你们班，如果高考600分以上有12个，我就倒立着在雅礼转一圈。"有时候他对那些自以为是的男同学说："有本事你就上来把这道题目做出来。"等那些不知天高地厚的聪明男同学写出答案后，张哥笑着说："还真有两把刷子，今天可以不做作业了。不过，你这点小聪明比起我当年还是差远了。"以前我总以为张哥这样做是瞧不起我们班，但是，自从知道了他的高三百天逆转传说后，我们都明白了他与众不同的良苦用心．张哥在用当年他老师对待他的方法来激励我们。也许，在他心里，这种激将法是有效的，毕竟，正值青春的我们跟他是一路人。

张哥的课堂幽默诙谐，他总会出其不意地设计一些与我们年龄相匹配的趣味益智游戏。张哥能变着法子让高中理科课堂妙趣横生，他聪明的脑袋瓜转得像陀螺一样快。

张哥教的是数学。数学课在我眼里几乎就是一个千变万化的万花筒。

张哥对我的关照非同一般，经常抽时间给我开小灶。他表扬起人来的样子非常童稚也很潇洒。他说看我做题就认定我具有数学家的潜质，还说，我是数学可以考出130分的高手。这些难得的表扬话语深深刻在我心里，以至于那段时间我扬扬得意，认为张哥是世界上最能识千里马的伯乐。

和别的老师一样，张哥也问过我为什么不学文科，明明骨子里是个文科生。我回答："因为我想将来做一点自己喜欢的事情，而这些事情需要理科知识来支撑。"张哥默认了，点点头，说我父母见识非同小可，选择有独特性而且高瞻远瞩，有长远计划。但是，高二多次考试下来，他看到了我的理科排名后，有一次终于忍不住说："不知道你和你爸妈怎么想的，为什么非要你学理科，学文科多好啊，学文科什么名牌大学你

考不上。"回家后我反复思量这句话，然后大哭了一场，觉得张哥说话太直白。不过，哭过之后我马上整理好情绪，张哥花在我身上的时间和精力足以让我一生难忘。因为关心我，所以他期待我考出一个好分数。因为他了解我，所以他才敢说出这种直截了当的心里话。"我不能辜负他，不能让他失望。"这是我的夙愿。

我曾目睹我们班一个男同学在课堂上无理顶撞张哥。男同学上课玩手机，张哥要他收起来，男同学执意不肯。说时迟那时快，男同学突然站起来冲上讲台，张哥用迅雷不及掩耳之势一反手掐住男同学的胳膊。男同学一米八几，张哥一米七几，两个人怒目圆睁，相持不下，局势紧急。几分钟后，张哥淡定地把男同学的手腕稳稳地压了下去，有惊无险，我们提到嗓子眼里的小心脏过了很久才安宁。

尽管这样，没过几天，张哥又照常和这个男同学谈笑风生，好像根本没有发生过不愉快的交锋一样。仅凭这一点，就可认定，张哥是个心底无私天地宽的绝对男子汉。

据说，当年张哥在大学追求同班同学刘小苗女士颇有点罗曼蒂克的情节。读大三的张哥做家教赚了第一笔钱，心情无比激动的他奔跑到湖南师大宿舍楼前一楼草坪上大声喊女友的名字："刘小苗，快下来，快下来，有钱了，买东西吃去！"张哥的初恋情人穿着平底鞋飞快地从女生宿舍跑下来，还带来一帮同宿舍的女同学。他们一起揣着那刚刚赚来的带着体温的几十块钱大快朵颐。就这样，张哥追到同班同学、当时师大班花刘小苗女士，成为我们美丽的师母。与张哥志同道合的师母在长郡中学当高三数学老师，张哥就通过这种关系轻而易举"窥探"到长郡的一举一动。他经常拿长郡的数学试卷给我们做，做完阅卷后，他不屑一顾地说一句："就你们这水平，雅礼一世盛名败在你们身上了。"

张哥也有脆弱的时候，高二下学期，张哥突然动了手术。我们一窝蜂跑到病房，看到手术后的张哥容光焕发、斗志昂扬。我们放心了，没有什么可以击倒在三尺讲台上天马行空讲课的张哥。

张哥叫张新民，他是高中唯一一个教了我三年的老师，也是我要吟诵"谁言寸草心，报得三春晖"来报答的恩师之一。

重拾忽略的美好

　　　　黑和白是世上最惊艳的颜色。

　　　　　　　　　　　　　　　　——题记

　　最近翻出三年前用过的东西，看到一个本子上写得满满当当的计划草案。当时的字迹虽然一笔一画、工工整整，但是依旧掩不住幼稚。我记得最醒目的一条备忘录就是，把所有黑白电影看完。当然这个稚嫩的想法没有完成。

　　我手机里没有一张自己的照片，都是奥黛丽·赫本、伊丽莎白·泰勒、费雯·丽、格蕾丝·凯利、海蒂·拉玛等众多与自己毫不相关的好莱坞女明星的黑白图片。那时的我还真是痴迷于黑白电影。

　　后来，我不知道是由于什么原因，也许是热度已经过去，热情已经消弭。总之，我没有再痴迷于黑白电影，而是跟着时代的步伐进入大众的潮流。我听封面色彩惊艳得让人讶异的唱片，我看暗沉低音、浓墨重彩的电影。

　　有一次，我打开抽屉，里面全是我初中收集的小东西。其中有一张明信片,印着奥黛丽·赫本的一张生活照,后面用娟秀的字迹写着"我最爱的女人"。

　　人总是要成长的。有些迷恋会一下子就没有,它们站在你身后,组成你青春的时间,而你能做的,只有重新回忆它们。

　　黑与白早已不是我最爱的颜色。在万千世界里,遇见黑与白的事物,却依然还是我最惊艳的刹那。人又何其伟大,能重新与被忽略的美好相视而笑。

我的故里我的王国

　　我的故里，也是我的王国，在那里，我是王。

　　我的故里是我从小学会写作文时，开始的稚嫩空洞的一笔一画，是那些忙里偷闲悄悄创作的大量辞藻华丽的小说，是那些断断续续涂鸦而成的秘密日记，是那些有一搭没一搭记录清新心情的小札，是那些每次考试失利或者成功后写下的感慨，是每一次反反复复修改的被老师贴在班级墙壁上的课堂习作。

　　那些即使忙碌也不曾间断的文字，是一座孤傲却不冷漠、高贵却不骄傲的岛——那岛，就是我的故里。我把它命名为岛国。

　　我的文风一度从真实朴素变为矫情华丽，又慢慢地把矫情一点点抛掉。小学时，我很荒谬地把天空写成红色，把人写成白色，把蚂蚁写成人类，写没有翅膀的蝴蝶。没有人告诉过我考场需要什么样的文字，比赛需要什么样的写作风格。那时我深爱着我与别人写作的不同，直到10岁我才知道了一些"脸像红苹果""月亮像蛋黄小船"之类的大家都认可的修辞定式。我开始模仿，发疯似的模仿别人那些比喻句，目的只是为了拿到班级第一名。我跟风我随波逐流，我拿到了考试第一名,但我并不高兴,因为我忘记了自己的王国。荆棘包裹了那片土地,没有翅膀的蝴蝶也已被焚烧成灰烬。我是一个要回到心灵故里才踏实的孩子,于是我回到了那里。也许在浩瀚星空里我什么都不是,但是在我心里那个无人问津的岛国里,我是女王。当我真正与自己相遇时,我才发现,尽管这个岛国也许卑微到一文不值,但在自己眼里,它就是海,无边无际的海。我是一只海鸟,在所有人顺风飞行时我在夜间逆风扬起翅膀。风吹干我的眼泪。我指挥蚂蚁,在我的脚踝上写下一行一行的文字。我为我建立了独特的岛国感到骄傲,我为我那个浪漫而真实的自己而感到欣喜。

我一直在写。我一直没有放弃写作。我喜欢写那些如缓缓穿行在月夜的船只的诗歌,那些如光着脚身着浓烈红裙舞动的吉卜赛女郎般潇洒的辞藻,那些如清晨雏菊露未晞的句子。在那些别人看来还有些不通顺的句子里,我感觉到了清澈的月光在渐渐闪耀,我慢慢游向无人之境——我感情的归宿。

我是善变的,一直以来总是游离于多种状态之中,我的文字也是一样。我喜欢把自己所看到的、听到的连同这个复杂的时代一起,简化成平面的文字。我把我所感悟的新鲜时代血液任意泼洒在纸上。我通过我的笔触摸到新升的太阳正在云朵中璀璨绽开;我通过我的笔临摹着光鲜亮丽的城市从白昼变到黑夜轮番交替。我从春日写到冬季。我带着那些已经跟随人类跨过一个又一个世纪的句子行走。文字是我的细胞,它构成我灵魂的故里,所以如果没有文字,我会倒塌。我的永恒,我的灵魂,都凝聚在那座填满手稿的岛。

我的灵魂通过文字把我拼凑成一个有思想的人。我提起笔,脑海中浮现的是我的故里。

每当我提笔,写下一笔一画、一字一句,我就看见那些泪水和花朵,凝聚成我的思维。我的艰辛和努力,化为跳跃的思想。我奋力前行,

虽逆水行舟，被不断地拍打到岸边，但我还是一直踽踽前行。

现在，此刻，那艘小小的船只又开始启航，带着我和心，载我回乡——回到文字的故里，我的梦幻王国。

山口泊舟

放学回家，和妈妈一起踏入小区的门口，听见保安室里传出一声极为不耐烦的声音。

"说过了那个人不是贼！"

保安对着经过的我们苦笑。与此同时，我看到了那个老太太。她慢慢转过身，深深凹陷的眼睛不带情感地盯着我。透过她的金丝老花镜，她的发丝被放大，又粗又白还闪着白晃晃的光。见我不说话，她上前拉起我的手，说——

"小姑娘，我家里有个我不认识的男人，这可怎么办才好，他在我家看电视，还睡我的床。"她又继续申诉，"现在的小偷真是胆子大，我要让我老公回来狠狠地打他。"

她说得绘声绘色，像电影里秋菊一般的苦瓜脸显出愤懑。我低下头，才发现她的装扮与常人不一样，一片钥匙被红色尼龙绳系着，套在脖子上，再加上矮矮瘦瘦的身材，看起来像个被管束的小学生。

"你别理她，"保安的目光落在监控视频上，抿一口茶漫不经心地说，"她无理取闹。"妈妈也表示赞同，拉起我往小区里走。

The
Cathédrale
Notre
Dame
de Paris

28/10/2016

　　老太太跟着我们，打开铁门，说她说的是真的。我看妈妈的表情，妈妈好像是打算不管了。老太太似乎意识到我们不想理睬她，于是闷着不说话了。

　　我一边走，一边忍不住回头望向她。她低着头弓着腰，穿着绿色的老年人活动服，坐在门口，像一座无人问津的山坡。

　　这一瞬间让我突然想到另一个画面。

　　一个一米八个头的大块头小伙子，长相活脱脱像是一个高中生，可谁能想到他已经三四十岁了。他永远都迈着奇怪的步伐，每早与我们这群学生同时去门口，又在门口停滞不动。他呆呆地坐着，佝偻着肩，低头摆弄印着某某培训班广告的袋子，左手牵着一只气球，像一座生长在钢筋森林里最天真的山。等放学了，他又跟着学生人潮回到他那个角落。

他曾经把我拦住，问我要一本全新的练习本用作草稿纸。他用手比画着，说话含糊不清。我想了想，旋即给了他，并说——

"考试要注意时间，别太赶也别太慢了。"

我当然知道对于患有先天痴呆症的人来说，这无疑是废话，但我看到了他眸子里的光芒。

他眼中的光芒那么亮，让人没办法忘记。就像在孤岛上困了太久的人，看见海面上来了一叶扁舟，仅仅是一叶扁舟而已，却让那个人感到了之前从未感受过的温暖。

让我就把他当成十七岁的少年吧，一个朝气蓬勃、冲着一股子劲儿向往学校的孩子。

我的思绪被强行牵回来时，那个患有老年痴呆症却身体敏捷的老太太与我迎面而来，已经是一天后了。我想了想，对她说："阿姨，你老公想给你一个惊喜，他现在在家里等你了。只不过，他扮成小偷，只是因为今天是你们的结婚纪念日。"

我瞎编了一大串故事，但她突然笑了起来，谢谢也没说就径直跑上楼了。其实在昨天，门卫就悄悄告诉我了，"那个小偷"就是她丈夫。我之所以叫她"阿姨"，是企图用善意的谎言让她活在无忧无虑的青春年代。

第四章　我有一支马良牌钢笔

Chapter 4　I have a Maliang brand pen

落地请开手机

当人们离开他们追捧、珍视的小小手机时，不，不，应该说是当尊贵无比的手机离开它的主人时，会发生什么？

我们走进一家航空公司的机场，一边思考答案，一边观察四周吧。这里安静得很，可是移动公司的手机营销商高兴坏了——为了刷微信刷朋友圈，人们的流量一点一点地累加。大厅里人满为患，但坐在候机区的人们始终沉默，只有屏幕上手指的摩擦声——几乎一人一台漂亮的手机。

"飞机即将起飞，请关闭您的电子设备。"女播音员催促着人们关闭手机。直至提醒四五遍后，乘客才恋恋不舍地点完最后一个赞，极不情愿地关闭手机。好了，没有手机了，人们该有礼貌地互相问好，或者聊一聊天气和目的地了——这只是我们的想象。而事实是，人们坐立不安，或时不时地看手表，或拿出手机玩弄。有的人宁可睡觉也不愿与邻座聊天，有的人直接无视旁边老人的问话。因为他们觉得只有手机才能对话，而对面面聊天的气氛感觉很尴尬。

几个小时的辛苦航程结束了，飞机在颠簸后顺利着陆。人们争先

恐后地打开各式各样的手机，迫不及待地刷一刷朋友圈的新动态，看一看有多少人为起飞前发的照片和评论点了赞，还有人把和空姐的合影发到朋友圈晒。气氛活跃了起来。人们已经都不再有现实的交往了，只能沉迷在那个长方形的潘多拉魔盒里，低头赶路还要空出一只手来拿手机发信息。

如果依旧带着一丝侥幸，依旧以为这是偶然现象，那么我们去一家酒楼吧。饭局主人高兴坏了——朋友都来了，他滔滔不绝地寒暄着。当然，他邀请来的客人也开心，因为这里有免费的 WiFi。饭局结束了，手机电量由百分之百骤降到百分之三十，饭菜却基本没动，但有关"今天和老友聚餐，饭菜香甜"的自拍图铺天盖地。饭局主人为客人的冷淡而感到寒心，却不得不回复"好兄弟一起走"的违心话。

手机已经成为人们生活的影子，一大批"低头族"因此"应运而生"，离开手机几个小时，人们就会变得狂躁无聊。

吸引力法则

不知从什么时候开始，美丽就成了一种定式。

很多人呼吁国人发现别样的美人，比如中非草原上皮肤黝黑的活泼姑娘，中东地区只露一双大眼睛的蒙着面纱的异国少女。可大部分人，还是死守着肤白、眼大、网红脸的标准给人打分。

有些人只认死理，认为好市容就是干干净净、整整齐齐，引出"市民地铁站内乘凉有损市容"的言论。

市容是指一个城市的精神风貌，是城市呈现给人们的气质和面容。那么，什么样的城市才算美？市民在地铁站内乘凉，真的有损市容吗？问题或许有很多种答案。假设你是一个外地游客，看到城市风景迷人，而敬业的环卫工人满头是汗几近中暑，却还在打扫，你会觉得这样的城市美吗？变换场景，假设你来到一个不出名的城市，那里设施不够气派先进，可人们各司其职，地铁站里偶尔有建筑工人在纳凉聊天，这样的城市不美吗？

我曾去过还在迅速发展的花园城市新加坡，感触最深的就是它的市容。走在大街上，扑面而来的是脚踏实地的工作风格和未淡去的人

情味。人们在花丛边闲聊停歇，车站里的人流井然有序。

另一个例子是泰国的清迈，这座旅游城市总被冠以各样的名称。当地居民生活安定和闲适，性情热情又淳朴，甚至有瓜农、果农坐在中心区办公楼附近的树荫下乘凉。

如果居民觉得这座城市能给自己带来安全感和幸福感，他们才会把这里当成家，这座城市也才会吸引更多的外地人。

一座城市究竟是否美，不是取决于人工制造的"市容"，而取决于人本身，人们是否将这座城市当作家。而这才是好市容的真正魅力。

有着美好向往和内心的居民让一座城市有吸引力。市民，才是城市的心。

加减法则

　　人生就是一个不断装载、不断卸货的过程。

　　拿吃饭打个比方，吃得越多，也许人长得越高大。不过，有时也许会演变成暴饮暴食后的一场腹泻。

　　所以，有人说"见识越广计较越少，经历越多抱怨越少"，也有人说"见识日增人品日减"。这都是人生这场加减法的结果，只是在于你如何增如何减。

　　读过历史小说的人，应该都对官场上那些钩心斗角的手段不陌生。几乎每一个一步一步走向高位的人都是经历过大变革、玩弄权谋游戏的"老戏骨"。官宦仕途上的经历将人打磨成一个又一个的菩萨面孔、刀斧心肠的假好人。君臣相斗、尔虞我诈，这些不断累积让他们逐渐成为心如铁石的人。

　　而也有人在这种恶性的"加"上做着减法。

　　他是苏轼，那个据传是东坡肉的发明者，那个用空心竹子装几挂钱吊在房檐上的顽皮诗人。他何尝未曾经历过那些钩心斗角，又何尝没有尝过一味"追加"的滋味。他那些疏朗的诗词，开阔得像平野上

空的星星。他把自己活得像一幅画，一幅就算染上黑墨也能马上洗濯成为江南水般清净的画。

　　他是黄永玉，那个把自己画成小孩儿的老顽童。我有幸去过凤凰黄老艺术家的博物馆。这里有在姜糖的叫卖声中偶尔停驻下来的行人，有在竹筏上对歌的人儿，有一如既往流淌的古旧河流。他在这里安享晚年，把自己用寥寥几笔淡墨勾勒成一个穿着小裤衩、鼻头通红、吸溜着鼻子、嘴里叼着烟斗的小老头儿。他不是政要人物，没有大起大落，但他的一生，明白加减的法则。

　　世间万物都有两面性。

　　人生的加减法，不在于如何精细操作，也不在于如何大做文章，而在于懂得取与舍，懂得进与退。

　　明白如何减，才能懂得如何去加。

"省"外之徒

　　大多数人不反省，是因为反省像是给自己判徒刑。

　　今日的过失，今日不反省，留到明日，明日又无心去审视拖到后日。一句"明天再说"，让本来只有蚂蚁大的小事变成大事，这其实无异于给自己判无期徒刑。

　　出现这种情况的原因，除了懒惰，还有人生来就有的一种自我优越感。事情出了问题先质问别人，让自己置身事外。"向内审视的人才是清醒的。"心理学家说。

　　把目光往回看，回到我们小时候。幼儿园老师让我们写："今天有没有浪费米饭？有没有对哪个小朋友不礼貌？用完橡皮擦后有没有洗干净手？"是就是，有就有，不是就不是，没有就没有，哪怕得不到小红花也不能撒谎。连幼儿园小朋友都知道的道理，现在的我却无法完全做到。错题堆在一起，漫不经心，一拖再拖，直到考前才临时抱佛脚，到考场才发现自己脑袋一片空白。和朋友闹矛盾，死活不找自己的原因，于是你不理我我不理你，原本形影不离的朋友就这样日渐生疏，最后懊恼的只有自己。

反省，是古人就明白的道理，可是很多人明白了却不去付诸行动，一而再再而三地拖拉。曾子曰："吾日三省吾身。"每天发生的一些小摩擦，并不需要怎么"痛改前非"，你只需要问问自己，什么地方不对，什么地方是自己的不是。如果今天的错误你侥幸拖到明日，明日之过你又拖到后日，总是想着"反正也不怪我，明天再想办法吧"，那么总有一天，会有一道无形的枷锁铐住你的心。

一位智者在解读法国牧师纳德·兰塞姆的手迹时说："如果每个人都能把反省提前几十年，那么就会有百分之五十的人可能让自己成为一个了不起的人。"

回顾这些年出现的社会事件，处处都是社会自我反省的例子。先有小悦悦事件在网络上掀起社会对人性思考的狂潮；又有各类碰瓷、各类老人摔倒不敢相助的事例，引得一系列道德观的探讨。在这些事件背后，很多人发自内心地思考和自省，还有很多人质疑"中国社会过于浮躁和浅显"，说中国这不好那不好。其实展望这些年，政府铁拳反腐，群众用媒体传播正能量，端正网络发声态度，尽管依旧还有很多不足，但确实做到了及时自省。

自省，不是受可怕的牢狱之苦。

自省是一把缩小的道德之尺，衡量每个人的良知和内心世界。没有人愿意做法外之徒，也不要成为一个"省"外之徒。

皮囊之下

父爱如山、母爱如水。有些人虽然表面上对父母漠不关心，事实上他们却比那些只挂在嘴上说有多么感谢父母养育之恩的人强得多。

当他们看到父母时，绝不是没有一丝温情，也绝不是真的那么冷漠，只是他们身上的皮囊让他们说不出让父母赏心的话语。

我们都看得见父母的衰老，看得见他们对我们的爱，只是有些人不愿意放下身上重重的壳，真正用实际行动回馈父母。

一个细节，便可让皮囊之下的真情流露出来。

例如，每次都悄悄把父亲的眼镜放回原位以免他找不到；例如，为老花眼的奶奶直接调到她喜欢看的电视频道以免她要一个一个节目地寻找；例如，为妈妈多留些她喜欢吃的菜。

我相信每个人表达爱的方式不同，不要以社会的常规标准去衡量一个人爱不爱父母。

如果能默默付诸行动去爱身边最亲近的人，和颜悦色地和身边最亲的人好好说话，像彬彬有礼对待别人那样客客气气对待自己的父母，这才是包裹我们真心的"皮囊"。

钻石和灰烬

"等我死后，请把我的骨灰做成钻石好不好，这样我的家人看到它就会想到我。"十几岁的小汉娜这样对医生说。

这是我七八岁时在一本科普杂志上所看到的，它当时属于奇闻类文章。这个叫作汉娜的小女孩的骨灰被做成了一颗颗闪亮的钻石，镶嵌在戒指和项链上，戴在她父母和姐姐身上。他们就以这样的方式怀念她。

撇开这件事的传奇性不谈，生命就这样被缅怀，本该成为灰烬的肉身又以实实在在的看得见摸得着的钻石延续着物质存在。

让我们再来看一件印有逝去队友照片和名字的球衣。难以想象它作为生命在场的象征被队友连续八年带到赛场上，它告诉人们"我在这，永远和你们在一起"。

很难说载体和本体谁更重要，就像钻石和灰烬、T恤和队友。看到彼你会想到此，它们并不矛盾，与其说是载体，不如说一个是另一个的传承。

正如千千万万个来不及挽留的时刻，被形形色色的东西所延续。

在你白发苍苍的时候，看到一枚书签会想起十几年前与好友互赠语录的时光，听到一盘被放置好久的唱片，会想起年少气盛的时候疯狂追过的一场一场演唱会。

　　一颗颗钻石从灰烬里再生，延续着一段段记忆。

穿西装降生的人

　　　　不要用你的目光去审视别人，要知道，不是每个人，都拥有你拥有的东西。

——菲茨杰拉德

　　如今有个非常匪夷所思的现象，这种现象从网络上开始流行，直至蔓延整个现实社会。一些人说另一些人的偶像这儿不好那儿不好这也不对那也不对。那群受到攻击的粉丝群体回应："那你去演啊。""那你去唱啊。"这种行为大致可以理解为"明明白白是一个白手起家的乡绅，你非要给他加上王子的出身"。

　　大千世界里，每个人各司其职。偶像这个群体，从前的意义为"因才能或者精神而被追捧的人"，如今大概只停留在影视明星和歌坛传奇者身上。这群人绝不是批评家口里百坏无一益的众矢之的，恰恰相反，他们拉动了经济、文化产业的发展，一旦他们真的消失，这个社会也会变得无趣。

　　我们需要星光，我们需要台上那些穿着得体，举止大方的偶像的影响力，我们不能总是在有人抨击这些名流大腕时仅仅抛出一句："你行你上。"用他们擅长的去对比，从而贬低别人不擅长的，就好比工人对白领说"你这样做是不行的"，白领回答，"你这么能干，那你来处理这些文案"。

每个人都是浑身赤裸着来到世界上，并没有谁规定偶像就得穿着一身笔挺的西装来到世界。从某种意义上来说，这是一种变相歧视。偶像应该接受大众的一些批评指责，既要能享受掌声也要能承受喝倒彩。偶像获得了能走上舞台的入场券，所以，为人处世应有礼有节。

我们要牢记，没有人是穿着西装降生的。

有一种高贵，是以岁月为妆

我很小的时候，就很关注菜市场里头、超市里头，有哪些老太太穿得很美。

直至现在，我都觉得，美，与年龄无关。

见到过不少很好看的老太太，而我的评判标准是以当时一个不懂事的黄毛丫头的审美——谁让人一眼看去忍不住还要多看几眼，谁就算得上好看;谁让人一眼看上去惊艳而且很久之后都忘不掉，那就是美。

如今回想起来，我依旧被儿时自己的审美眼光折服。孩童的眼光，总是最有穿透力。

一个连去菜市场买菜都能打扮得体、大方、精致的老太太，她该有多爱她为之挑选食物的家人，而她的心又该有多么爱美呢?

把柴米油盐酱醋茶的日子过得有滋有味，不辜负每一天。

两三年前在书上见过一个 83 岁的超模。她满头银发却依旧穿着时尚的衣服走过秀场，和那些年值 20 岁的靓妹站在一起，也毫不逊色，气质甚至更加高贵，像是神话里的美神。

想起一位已故的街拍大师——一个总是穿着蓝色工装裤，骑着自行车穿行在大街小巷，端起相机对着行人的老爷爷。他同样年逾80，可看起来，却似乎是一个朝气蓬勃的年轻人，有着满头白发和一脸慈祥的沟壑，他把每一天过得精美如千面钻石。

无疑，每个人都将老去。对于大部分人而言，衰老仿佛只代表着"死亡""痛苦""终日孤独"。而对于那些把时间"置若罔闻"的人，有把平凡变为高贵的能力。

电影《绝美之城》中，一个老修女半跪半爬地登上她心中的圣殿。在露天的顶楼，她背对着观众而立，夕阳把她的身姿勾勒出黑色的剪影，一群火焰鸟从她身旁飞出去。那一刹那，我觉得这个面容消瘦形容枯槁的女人，这个总是穿着一丝不苟一尘不染修女服的女人，美得不可一世。

没有人可以永恒，有些人把流逝的时间，用于给自己的心灵化出高贵的妆容。

回眸生命

生命是一种类似于蛇咬尾巴般的周期循环。

小时候不喜欢听爷爷念叨四书五经和家训家风的人，长大后或许会把这些教给自己的儿女。五岁时觉得"我爸最神气"，十五岁时觉得"我爸真刻板"，三十五岁时会觉得"还是我爸最厉害"。猛然发现爸爸年轻时的照片，眉眼和自己很像，然后再发现，爸爸越来越变成记忆中的爷爷的模样了。

人类生生不息，代代相传。襁褓婴孩再过几十年，也会成为眉目慈祥的老者。

生命的繁衍，就是站在莫比乌斯环的一端，守望着另一端的下一代向自己跑来。

于是，越长大越能懂得几千年前的古人说的"己所不欲勿施于人"的良苦用心，越能明白儿时外婆在红包上写的压岁贺语，越能理解父母的良苦用心并开始换位思考。

因为我们的现在，是另一些人的过去。我们正前往我们的未来，而他们在我们身上看到了属于他们的繁华。

因为永不间断的循环，才有后人吸取前人的经验终得成功，从而推动社会发展。

曾看过一部纪录片，小熊被熊妈妈带去溪涧捕鱼，等它成年后便自己捕鱼，再后来，它带自己的孩子捕鱼。

站在影子里守望，前方是过去，身后是未来。

给别人留的门

先来的人给后来的人留门，直到他们进来。这是一种很绅士的行为。

刚到美国的时候，我总是以为这是一种礼节性的行为。来自大洋另一端的我们，有幸亲睹美国青少年的良好修养。在国内，这种留门的行为也不是没有——但集中出现在贵客来访或者领导视察时。可是渐渐地，我发现在美国这是一种非常生活化、非常随性的行为，哪怕是至亲进门，他们也会先用一只手挡住门，等家人进门后再轻轻关上。记得很清楚的一次，是在上完手绘课后，来访学生和当地学生全都从教室出来，走在前头的九年级学生会干部，抱着书站在门前，等所有人进了会厅，再独自关门，跟在最后头。整个过程持续了两三分钟，深秋的纽黑文异常寒冷，风从外往门内灌。当我向冻得满脸通红的学生会干部——一个金发碧眼的姑娘道谢时，她不好意思地说："这是我该做的。"

在这之后，我又目睹了九年级学生为一队幼儿园小朋友让路、开门的场景。一个个浅黄发色的小脑袋抬起来好奇地打量着我们这群黑头发黑眼睛的中国人。直到最后一个小朋友踏出门口好几步，当头的学生才缓缓关上门。

我们为之惊叹的留门礼节实际上是他们自然形成的人之常情而已。

很多时候，我们把我们本就该做的放在一个神龛里，一旦看到谁在付诸实际就觉得不可思议，非要认为类似留门这种事只是作秀。殊不知其实应该把此当作一个习惯动作，就像洗手、梳头一般正常。给别人留门，留住的是良好素质的缩影。

大多数时候，人们都知道要给他人留门，但是又恐这样做了以后会被落个"作秀""矫揉造作"的名声，才望而却步。很多事我们知道要做，明白这是道德所要求、人性所推崇的，可是在巨大的社会舆论压力下只好止步。于是有人认为给住在桥洞里的流浪汉送棉被是假；于是有人贬斥别人打抱不平；于是有人眼睁睁看着他人财物被抢被盗而不伸张。社会已然将"为别人谋利"打上弄虚作假的标签，认为只要是为他人着想便是虚情假意，所以才会出现看到"留门"现象所产生的惊异。

别让别人留的门，变成无人敢攀登的高耸悬崖。

醉里挑灯看

古往今来，中国有一个庆祝快乐、表达热情的方式——喝酒。

酒，一种让人喝了以后或神志不清或极度亢奋且开始大吐真言的神奇药水。干杯干杯再干杯的意思就是，喝了这杯酒，大家就是朋友了——这便是众所皆知的酒逢知己千杯少。

如果不是前不久刷屏朋友圈的十六岁才女武亦姝和《中国诗词大会》，我是万万没想到这壶"诗词美酒"能喝醉这么多人的。

看《中国诗词大会》让我回到久违的国学世界。不管是诵读"山重水复疑无路，柳暗花明又一村"，还是"会当凌绝顶，一览众山小"，都无不令人心旷神怡。

传统文化在这壶酒里流淌。看到越来越多的人去关注、去喜爱老祖宗传承下来的这些智慧精华，我倍感欣慰。

不敢说每个关注《中国诗词大会》的人都咀嚼了这档节目或者真的能吟上百首唐诗宋词，但举办这样大众性综艺类节目的价值有目共睹。人人都在小学课本和中学教材里背过古诗文，可又有多少人愿意将其作为茶的佐餐和酒的伴侣呢？因为有太多人无法发现诗词之内涵，所以太需要一个这样的平台去传播那些并不是特别生涩的名篇作品，去点燃人们心中潜在的激情，去滋润人们的心灵。

中国人需要诗意。我曾亲眼看见过卖水果的小贩大清早一边摆摊一边大声摇头晃脑地背诵"绿树村边合，青山郭外斜"；曾亲眼看见忙完春耕的农民拿着《唐诗三百首》在田埂上津津有味地阅读；曾亲眼看见小区保安值晚班时如饥似渴地翻阅《宋词》。

中国人需要情怀。中国人不是不热爱传统文化，不是没有民族传承精神，而是素来内敛的中国人缺少自我表现力，不愿意张扬个性。很多人其实肚子里都有点儿墨水，就差一个媒介，一个人与人共享的平台。

中央电视台的《中国诗词大会》应运而生，来得正是时候。举国上下都开始倾情迷恋那些孩提时期触摸过的古诗词，尽情分享诗词之美，热情捕捉诗词之趣。大家纷纷从古人的智慧和情怀中汲取营养、涵养心灵。所以这壶引起诗词综艺热的酒是醇香的，也是温热的，它拨动了海内外同胞柔软内心的琴弦。

试想，远涉重洋的海外游子看到央视诗词大会，勾起他们的思乡情，背井离乡的他们在心里一遍遍吟诵"遥知兄弟登高处，遍插茱萸少一人"，他们或月下独酌或三五成群举杯共庆。

试想，鹤发童颜的老人边看央视诗词大会边背诵"借问酒家何处有，牧童遥指杏花村"，边想念记忆中的故乡。

试想，那些每天忙碌奔波的创业者，回家和父母一边用餐一边收看央视的诗词大会，和家人你一句我一句地交流"几处早莺争暖树，谁家新

燕啄春泥"。那其乐融融、心平气和的场景是何等幸福。

酒不醉人，人也自醉。

尽管《中国诗词大会》因其备受大众关注而被贴上了"大众消遣"的标签，我依旧坚定地相信它的力量所在。腹有诗书气自华，《中国诗词大会》是全民参与的诗词节目，赏中华诗词、寻文化基因、品生活之美，神州乾坤畅饮同乐酒。

另一个例子是 2013 年的《汉字听写大会》。这个《汉字听写大会》的省赛我亲自参加过，参赛场面的激烈、紧张至今记忆犹新。那年我初三，学校的初赛复赛阵容宏大。一轮又一轮地淘汰选拔后，我是复赛胜出者之一，我们的团队将代表学校参加省赛。老师对我们十个参赛选手进行专项特训，每天强制默写五百个词语，生僻词、疑难词、方言、易错词、多音字，无一遗漏。特训让我变得似乎身怀绝技。在盛行电脑打字和百度一下的时代，人们经常提笔忘字，但是我却自信满满。省赛现场，严肃的主考官读出拼音，而我们要在最短的时间内正确无误地写出词语。有些词语是那么谙熟，但是那一瞬间怎么也写不出来，只能干着急。"按部就班、蛊惑人心、越俎代庖、筚路蓝缕、分道扬镳、甘之如饴、骨鲠在喉"，这些词语掷地有声，至今历历在目。虽然最后我们团队因为没有在省赛中脱颖而出，所以不能去北京参加梦寐以求的总决赛，但是我们在那一个月的磨砺中变得渊博厚实了，自认为慢慢与古典文化接轨了。

醉了，醉了，我们醉倒在这些落落大方、字正腔圆的方块字里；醉了，醉了，我们醉倒在那些汉字底蕴之神韵中。这盅《汉字听写大会》酒唤醒了那些崇洋媚外者的梦，让千年古文化瑰宝不再暗淡。这盅酒里有草长莺飞的倒影，倒映出文字基本功的飒爽英姿；这盅酒里有春兰秋菊的韵味，搅拌出汉字文化的深情厚谊。

继《汉字听写大会》这盅酒之后又有《中国成语大会》《中国谜语大会》这两大碗陈年老酒，也不知喝醉了多少中国人！

酒不醉人，人也自醉。

《中国诗词大会》《汉字听写大会》《中国成语大会》《中国谜语大会》如陈年佳酿，它让很多热爱国学却从未展现才华的人放出光芒。这美酒让许多与我一般平凡的人开始仰慕中国文化。

醉翁之意不在酒，在于心有灵犀一点通。

不同与未知

　　澳大利亚艺术家斯格说，他年过八旬还自己在家动手制作玻璃品，从玻璃吊坠到玻璃小碗，各种各样的颜色和图案他都尝试过。

　　八旬斯格的玻璃世界透明，而我的绘画世界也玲珑，我们都在寻找不同和捕捉未知路上的灵感。

　　虽然现在我绘画的技艺愈发精湛，但我毫不掩饰地表白：我更偏爱学龄前自己的画。那些学龄前的画确实非常幼稚，有些甚至好笑。色调喷薄，用色大胆，背景无所畏惧，线条凌乱，有些画面狂躁得像要把画纸撕裂。但是从这些没有固定章法的画中我可以看见一个小小的睁大眼睛的我，带着幼儿那种与生俱来天不怕地不怕的感觉，脑子里想画什么就抓着蜡笔马上画出什么，通常是连想都不想就开始各种各样胆大妄为的尝试。

　　不过，所幸直到现在，我都还一直带着离经叛道的风格延续我的绘画之旅。我从不打草稿图，想画了就拿起手头正在做物理或者化学题目的钢笔开始飞也似的创作。此刻，勾勒或者涂鸦隐藏着无比享受的快乐，本来只是一张普通的做题用的稿纸，突然变成了一幅充满想象的画。而在画还没有完成时，你无从知道它会在哪顿笔，在哪变色，在哪拐弯。即使在还未完成的哪怕前一秒，它都有无数种可能性、无数种变化性、无数种未知性，像森林中一条条铺满枫叶的晨间纵横小道，每一条小道都有不同出口，你可能在半途中碰见一只有漂亮尾巴的松鼠，或者在一侧偶遇一群温文尔雅的小兔子，或者在另一侧邂逅迅捷蹿过的梅花鹿。

我揣着这把打开智慧大门的金钥匙寻寻觅觅——

第一次拿起画笔，在纸上画出第一个图案时我就显得与众不同。当别的孩子乖乖把画好的清一色红通通的大苹果给老师看时，我因为只画了苹果的横切面而被同学们奚落。但是那个只有横切面的苹果第一次带领我学会从自己的独特角度去观察。那时我太小了，根本不懂那就是在创造，但从此以后，我每次都坚持自己的见解。

所以，我画画时天马行空、不拘一格。我很少按照老师的规定去构图，也不临摹名人的作品。

在我的笔下，花朵可以随意生长在女孩身上，而女孩的眼睛能发现四季分明的变化。我画雪山上的彩虹，画悬崖上的城堡，画一切自然界中我为之惊讶但可以感受到的一切。

我就这样倔强地走着，成为人群中平凡又独一无二的个体，成为不落俗套的行者。

我品味着我的不同，像魔术师一样捕捉那未知世界的千变万化。

在环保主题的绘画比赛中我把天空涂成墨绿色，又无所顾忌地把大地挖一个洞，墨绿的底色里贯穿大气的流淌，大地的洞里折射出魔术般形状的变换。我的画曾被家人说成没有规律、不能登大雅之堂。我明白，我只要修枝剪叶便会被众人所肯定，但是我不愿意修枝剪叶，不愿意千篇一律。

我像一盘泼在地上的颜料，从一个点开始发散，流向四面八方。

在它们都未到达终点前，谁也不知道它途经了什么，它访问过什么，它是怎样塑造五颜六色和千姿百态的事物的。

我就这样摇摇晃晃尝试所有我想尝试的。我尝试画海的眼睛，画建筑的手臂，画石英钟的齿轮，画火车的内心，画树叶的脉络。我用我的笔描绘出自己想要创造的一切；我的这条绘画之路是一条通往无数种可能性的发现之旅。

我就这样握着我这支变化多端的画笔追梦，我设计出自己想要的建筑，我憧憬着即将要面世的作品，我含情脉脉地注视着远方。

从另一个角度去思考

大千世界，我们总是厌烦那些老而拘束的规矩，讨厌被条条框框所困扰。很多人试图去挑战权威，去改写常规，去所谓"创新"某种事物。

但是我们不妨想想，一些已经被社会认可的东西，能再创新吗？

如同硬币不可能有第三个面一般，世界也没有第三个空间给那些异想天开的人"创新"。有人认为文学需要浪漫需要诗情画意需要风花雪月，于是便有了成千上万的言情小说。有人认为学生压力太大负担太重，于是便有了作业辅导机和代做习题的笔，甚至生产出了红外线作弊笔。有人认为儿女工作太累太忙没空回家，便有了千百家代儿女看父母、代儿女给父母打电话陪聊天的服务机构。

我也是个正值少年的人，也喜欢疯狂、喜欢创意。但我不愿意看到诸如"杜甫很忙""干露露""郭美美"般的创意。

在这高新技术纵横的年代，框架日益在人们心中消退。规矩也一样。若社会一切零规矩，出现交通拥堵、治安差乱、市井纠纷。试问：这是心之所向吗？这是美好家园吗？

古时因有无规矩不以成方圆的束缚，才有"贞观之治，开元盛世"

般的繁华景象；有"官逼民反"，也就有了国家的动荡不安。

小时候玩游戏，一个规矩，再加之创意，我和伙伴便会开心愉快。后来上学了，学校建立的人性化条约，使我平安顺利地上完了学。不管是干什么，总需要一些规矩。

规矩可以修炼人的品性，磨砺人的意志，时刻提醒自己该干什么不该干什么。

请那些想随意加以"创意"的人从另一个角度思考，或许你会发现这个世界上，总有一些规矩会伴随自己，改变自己，完善自己的人格。

没有不可能

　　无数次，我听到很多人否定我。印象最深的是两次。

　　一次是四岁的时候，我第一次上绘画培训课。我记得很清楚，老师要我们画苹果。别的小朋友都画得又圆又红，他们画的苹果和贴在白板上的示范画一模一样，很逼真。老师心满意足地给他们一个个贴上了表示表扬的贴纸。老师走到我面前，低头看了看我手上的画纸，然后皱了皱眉。我画得确实不好，豆子大的椭圆，底部拖了一条长长的细线，像一只变了形的气球。我是班上唯一没有得到贴纸的孩子，所有孩子都觉得我是最差劲的。可是时过境迁，现在的我，创作的画报已经可以让任何一个人看到时都会忍不住多看几眼了。

　　讲这个故事的目的不在于想要描绘一个咸鱼大翻身的励志画面，我想说的是，少有人会因为你付出了多少努力而对你刮目相看，就像现在有人问起我是怎么能画这么好时，我绝不会提起，我曾毁掉多少件白色衣服，手侧的皮肤上曾印过多深的铅笔印，撕过多少张刚刚起笔就被否决的纸稿。

　　另一次是在不久前，高二面临分科，我交上了我的表格——当

时所有人都以为我要学文科。自然，我听到了不少有心或者无意的话语——"你竟然学理？""你给我的印象怎么也不可能学理啊。"我本就是一个很敏感的人，可面对这些语气有点残忍的话，我不得不自己把苦水往肚子里咽。进了高中后，中伤我成绩的话我听得不少——成绩和初中时无法比，在激烈的高中排名竞争中我渐渐缺少优势。只有我自己知道，我内心还是那个以前的自己——内心坚强、敏感睿智、保留着低调的骄傲。现在的我，在向同伴问题目时已经达到可以坦然面对学霸的半开玩笑半嘲讽话语的境界了。我虚心请教，在别人休息时我静下心来写作业也不会分神了。那些曾不相信我能真正与理科融为一体，打赌三个月后我就会转文的所谓的"朋友"，他们的预言落空了。

　　我的理综思维的确是没有文综那么快捷，我学理科有点吃力，但我不相信有什么不可能。学习是一个长跑，一次两次的努力无用，不代表永远的止步，我至今仍然记得《模仿游戏》中的一句话：那些无人看好之人，做出无人敢想之事。

无人服务设施

早些年以"无人"为卖点的服务总是一露面就遭到质疑，比如最开始的无人早餐摊。店主夫妻俩放好分装的馒头豆浆，路人主动放下费用然后取走即可。大部分人持观望态度。可结果却是率先实验的这对夫妻收到了与应得钱数相差不远的钱。

如今的"无人图书馆""无人便利店"等，已经成为城市居民习惯的服务设施。就像最初的无人售票公交车，大家都将其看成了生活的一部分，自然而然地上车投币刷卡，展现着人与人之间的基本信任。

每个时代有每个时代特定的关键词服务。也许很多怀旧的人会说，这些无人售票公交车、无人值守图书馆，已经失去了该有的味道。这样说不过是片面之词。无人技术服务带来的便利有目共睹。

不同的时代有不同的经典。

时下流行的共享单车，即无人看管的自行车，尽管有诸多问题存在，但是它把出行变得更为绿色，将"无人"这个词变得令人信任。

迷醉舞蹈

应该把舞蹈看作一种迷醉，我只能这么说——在读完《回归》这本书之后。

其实两年前我就已经通读过这本书，也有满篇的划迹，但重新再翻开，依旧让我欲罢不能。这样长久的迷恋起源于儿时对弗拉门戈舞蹈的深爱，以及未能深入学习的遗憾。在文学作品和电影里慢慢悟出很多道理等诸多因素的累积下，我对这本书有了新认识。

全书以一个细瘦苍白的金发女人为切入口，采用了与《午夜巴塞罗那》有异曲同工之妙的情节安排，以两个完全不同的女性朋友结伴去西班牙旅行为导线，牵扯出那些和舞蹈有关的哀愁往事。

印象最深的地方有两个，一个是当年倜傥的吉卜赛吉他手贾维尔·米格尔，他对为他伴舞的少女梅塞很惊讶。梅塞是一个十五岁的少女，她在父母的宠爱和哥哥的溺爱下长大，大胆而叛逆。她跳舞时疯狂又激昂，令人为之一振。而另一个地方是，名为米格尔的老人回忆照片上的女人时用了一个词：夺魄的魔力。

直到最后，学习完舞蹈的女主角索尼娅才发现，这个七十年前的少女——照片上的女人，就是自己的母亲梅塞，她阴差阳错地爱上了弗拉门戈。而那个泪眼婆娑的米格尔，正是当年的吉卜赛吉他手贾维尔·米格尔。

舞蹈无疑是富有情感的，但当它将两代人——甚至从未谋面的两代人联系起来时，那种情感让人着迷。你可以想象，一件火红的舞衣从母亲身上褪下，一双黑色的漆皮舞靴也被母亲脱下。母亲把自己脱下的舞衣和舞鞋郑重地为女儿穿上，同时虔诚地把自己头上的玫瑰摘下戴在女儿头上，这情景多么让人感动。

这使我想到了传承，也让我明白书名"The Return（回归）"的含义。回归可以理解为"返回、归还、倒转"。人在世上走一回，流传下来的，是热情的精神。

漫步《红楼梦》

　　《红楼梦》是一本青春的史诗。

　　从金陵十二钗开始，每一位年轻的姑娘、丫鬟，都是青春的美好象征。也许换个角度来看，就会发现每一个人都是值得品味的。

　　多愁善感的林黛玉是美的，她天真率直、才华横溢、为爱熬尽最后一滴眼泪，她是凄美的。端庄淑雅的薛宝钗是美的，她恪守妇道、平易近人、容貌极美又不失才华，她是冷艳的。才思敏捷的史湘云是美的，她生性豁达、文采飞扬、不拘小节、宽厚待人，她是大度的。

　　我最喜欢的莫过于在芦雪庵吃鹿肉的那幕了。首先是湘云，一个人在吃鹿肉，后来宝玉、黛玉、宝钗也来一起吃，最后贾母带着众姑娘都来了。十几个如花的姑娘，穿着华丽的雪氅，有说有笑，在雪地的芦雪庵中绽开了一朵朵美丽的花朵。她们个个有才，便联诗作乐，用清新文艺的笔墨挥毫，口中顿生莲花。

　　"一夜北风紧"后的诗句异彩纷呈。"湘云忙联道""黛玉联道""宝钗笑笑，联道""岫烟抢联道""湘云丢了茶杯，联道"，每一个姑娘的反应都让我感慨。我们正处于她们的年纪，豆蔻年华，风华正茂，虽然与他们处于不同年代，但其青春年少的真切，让我感受到了这个冰冷的大观园中的一丝美好。

从怡红院到蘅芜苑，从潇湘馆到秋爽斋，从秋爽斋到缀锦楼，每一座亭台楼阁，每一座假山树林，都萌动着青春。生活在这座大观园中的青年，怡然自乐。尽管人情世故复杂，但是友谊依然纯真。秋爽斋诗社众人拟菊花诗，栊翠庵踏雪采红梅，刘姥姥进大观园，趣事不断，这是只有我们二八年龄的人才会明白的。不管窗外的世界多么繁琐，但我们依然可以保持一颗善良美好的心。

细节·文明

　　和朋友们在小吃一条街海吃糖油粑粑、过桥米线、风干腊肉，但在津津有味品尝臭豆腐的独特风味时听见有人说："〇〇后已不知中华文明为何物了。"我的面部表情开始僵硬。我是〇〇后，所以我开始思忖。

　　诚然，社会高速发展的今天，文明被许多人过度营销。仿佛只有加上"传统文化"四个字才可以让人联系起文明，仿佛不天天提及我们的国粹就会失掉自己的文明，只有把中国文化挂在嘴边才能树起文明之邦的旗帜。

　　其实不然，很多东西并没有那么抽象，也没有那么表面化，它也许更深刻也更沉潜，比如我眼中的文明。

　　它默默存在于每一个细节，悄悄渗透在每一个枝丫。它漫山遍野、蔓延滋生。越微小越不打眼的细节越能为文明推开一扇窗。在你还没有顿悟之时，就有一大片好风景扑面而来。

　　我有一个美好的遇见。前不久我家接待做交换生的美国高中生，他与我朝夕相处。在结束交流活动回到自己的国家后，他把海量照片发给我，啧啧称赞中国文明是多么深邃多么伟大。但是令我惊讶的是，在他发给我的照片里却没有一处是我认为的代表着中国文明的景观。我震惊于他们发现中国的能力——没有那些人人熟知的所谓标志性建筑，没有那些全世界都知晓的经典景点。他的镜头对准胡同小巷里的糖葫芦、高新区古朴的百年老店招牌、市场里不起眼的雕塑，还有我妈妈给他包的水饺馄饨和我奶奶夏天里乘凉时的大蒲扇……这些细微痕迹，我天天经过却熟视无睹，但远隔重洋的友人却能发现其中的美，实在羞愧。为什么他捕捉到的这些灵感让我们眼前一亮？那是因为他对中国这片土地陌生，因而一草一木也都浸润着中国味道。而从这些细节里流露出的，正是我们正在遗忘的刻在骨子里的中国文明。

与某些人嘴里挂着的中国文明相比，这是一些从眼缝里和耳根子里生长出来的平淡细节。

微小、不易察觉、寻常，却与我们的生活息息相关。

京剧、刺绣、舞狮、皮影、陶瓷、蜡染、中国结，这些大而泛的词语，总是频频成为中国的代名词。可我们中的多数人，除了从报纸电视网络中获取零星半点的传统文化消息外，醒来还是得回归日常生活。

　　我想表达的是，真正与我们融为一体的还是那些平常感动我们、影响我们的潜伏在我们每个人身边的被忽略的文明———一颦一笑、一举一动、一山一水、一笔一画……

　　很多大家之作都并非有意为之。太刻意的东西很难进人们的心灵。

　　生活在一个现代化程度较高的城市里，我们知道哪辆公交车能带我们去最有时尚元素的街道，我们知道哪条街上的龙虾或是烤串最入味，我们知道哪家茶馆有既解辛辣又不太贵的茶饮。

　　有人说日益发展的高科技让人找不到真正的文明了。而作为○○后的我要说，其实真正的文明无处不在，且无需去寻觅。

　　"师傅，请您捎我去步行街那家老豆腐西施店。"

　　"好咧，但是，小美女您知道吗？这家店在您家附近新开了连锁分店哦，其实您不必去远方，好东西已经来到您身边。"

　　我笑笑，文明之花正在含苞欲放。

芳华

我记得雾凇的样子，很美。

有一年冬天，我去故宫游览，走到武英殿附近，惊奇地发现雪地里有株红梅树。大殿的四角榫卯上都挂着透明的雾凇，仿佛是天地间结出的冰玉石。

再一次被这种自然奇观震撼到，是看到一则有关新疆地区形成雾凇景观的新闻。我开始为这小小的冰质花朵感到好奇，究竟是什么样的造物主才能使天地间开出这般洁白的花。

后来我才知道，雾凇的形成过程极为细腻。每一滴水都要经过缓慢的变化，最终才能汇成洁白无瑕的雾凇。熬过最为寒冷的时刻，才会成为其中的一粒微小冰晶。

雾凇是如此，人也是如此。

那年冬天我记住了故宫里的雪、红梅，还有雾凇，但并未真正了解武英殿中的另外一种雾凇，也就是成千上万本现在多已绝迹的古籍。我不清楚究竟有多少人为它们修复过时代碾下的残缺，但我亲眼见过一位老手艺人修补一幅古画：什么样的清水最适合清洗画面，什么样

的糨糊不会粘得画体损坏，哪儿的宣纸最柔软，哪儿的水墨最细腻。我在想，一个人需要多少年才能在一眨眼的工夫里在一张白色宣纸上轻轻沾水、抒平、涂浆、撕开，使原本褪色的古画焕发生机。

　　记得有一个叫高慧云的古籍修复员。对她而言，拆书、补书、订书、压平，是她默默无闻修复古籍的一个个周期。让七千余册古籍的生命复苏，这是一个人多少个日夜付出的成果。

　　我想起那日在故宫看到的雾凇，那么洁白，那么干净。

镜头之外

　　按下快门，我向田俊涛一家微笑着说声"谢谢"。

　　我收起相机，向他们表示感谢。如你所见，我是个记者，最基层的那种。

　　近日，同济大学博士田俊涛利用暑假帮助环卫工父母扫马路一事引起了很多人关注。于是，我去采访了田博士一家。

　　照常理而言，我工作的主要内容便是取材采访、写稿和交稿，最后在"本社记者"角落处看见我不重要也不打眼的名字。是的，我是个普通人，我拍普通人，我写普通人，我听普通的评论，我相信普通群体汇成的力量。

　　在这个有点喧嚣的时代，我是那种他们说的"平凡的热血文艺青年"。他们说，像田俊涛这样的博士去体验当环卫工似乎有点大材小用；他们还说，他的父母就不该同意学富五车的博士儿子来帮忙扫大街，博士生应该以学业为主，好好读书、好好做科研才是正事。

　　我浏览着网上关于田俊涛案例的评论，一边喝茶一边翻看我的原稿和照片。照片上的一家三口站在阳光里，背对着镜头。我不知道该

如何回复媒体上那些杂乱的声音,也不知田俊涛和他父母看到这些"他们说"做何感想。我是媒体界最普通的那一个,我的很多同行都比我出色,他们有的会抓最佳角度,有的会写犀利的深度稿,有的能挖到最吸引眼球的视点,而我只会用平凡的镜头和朴实的文字记录一些于我而言意义非凡的"琐事"。

整理我拍摄的照片,在其中一张照片上,田俊涛与父母说了些什么,他们笑得那么开心。阳光洒下来,他们的笑脸干净又纯粹,像我和我的父母那样,像每一个生活在这座城市的居民和他们的父母那样,嘴角扬起微笑,露出白白的牙齿。我带着欣赏的目光看着这张照片,于是,我当机立断选择了它。

如何才是大材大用?难道非要时时刻刻在大场面大环境下抛头露面或者载誉而归才是大材大用吗?知恩图报的确有多种方式,身体力行去帮助哺育自己成长的父母做点事是值得肯定的。

的确,大才子有大才子的学问与造诣,可当他卸下才子身份以自己的双手去扫动街边落叶并以此躬身回报父母时,他的内心一定浮现出父母靠着这个职业辛苦养育自己的漫长岁月。

是的,最平凡最伟大的才能是会感恩自己的父母,哪怕他们是环卫工人。

我在电脑上敲下这些文字,匿名发了一个帖子。我不期望别人来点赞。我忽然发现,其实平凡,其实爱,也是一门高深学问。

感恩之心,在镜头之外,却在人性之中。

讲故事的人和故事

始终觉得，文化，就是在讲故事。

那些茶馆里的评书拍案也好，电视里咿咿呀呀的梨园喜乐也罢，都是故事，祖祖辈辈听过来的故事。

于是暂得一结论，时代换走的只是讲故事的人，而故事本身却快活得很，岁月在它面前无可奈何，它自己在这个年代叱咤，在那个年代沉寂，然后又东山再起。

故事总归还是故事，管他讲故事的人操着一口什么口音，管他是吴侬软语还是行话俚句。只要听故事的人一个眼神，讲故事的人立马便心领神会进行情节变换，于是这个故事便多一个人的记忆，或者多一代人沿袭。

胡旋舞衣袂一卷便是半座大唐山河，当年岁月如此，想必如今亦然。我偏爱电影里的万千锦绣风光。而电影里的故事，被不同的人以蒙太奇的形式讲得绘声绘色。用英语讲日本的艺妓之回忆、讲蝴蝶夫人的悲剧之类、讲越南西贡森林、讲那燥热难耐的隐秘情感和单色调的阳光。少有人记住这些故事是谁讲的、怎么讲的、用什么语言什么

方式讲的——因为大家都醉了，醉在故事里了。

口口相传的，是故事，不是讲故事的人，不是他们的语言。

转眼看向一场争论。老歌唱家反对并批评歌手在与非物质文化遗产传承人合作时用法语演唱的行为。歌手认为这是一次走向国际的机会，同时也可以吸引年轻人，而老歌唱家认为，原汁原味才是正确的方式。

我目光扫过录影带，《末代皇帝》的原声配乐响在耳畔，脑海中浮现出紫禁城的全景和它剧中的喜怒哀乐。这部意大利导演镜头下的佳作，全部以英文为台词，却是最贴近史实、最打动人心的同类电影之一。而在舞台上，歌剧《图兰朵》用意大利语向世人展示了中国的大美、盛世和繁荣。

讲故事的人随时代在换，演员、导演也在更换。

当年《茉莉花》被传唱成百种语言，歌声飘过全世界，可世人都知道，这是中国的歌，它在讲中国的故事。

第五章　我差点忘了告诉你

Chapter 5　I almost forget to tell you that

致朱丽叶的信

亲爱的朱丽叶：

　　我自己去买花。在我脱下手套准备接过一枝玫瑰花时，我又想起你。

　　如今我想起你，像是看到金色的蜜蜂从树上飞下来，然后四散开去。我如此清楚地记得你，一位典型的金发女郎，酒窝里藏着迷人的特质，住在铺了考究地毯的一个房间，在打开门时总是对我致以有点歉疚的笑。从门缝里我看到了你华丽得无以复加的房间，尤其是那些挂在门口衣橱的美丽裙子。十七岁的我在这家酒店当收拾房间的服务员，我曾从你的住房登记卡上看到你的信息：朱丽叶，三十七岁。你付给了酒店一笔又一笔不菲的房款和小费。你给我小费，我接过小费时微微颤抖的手蹭到了你洁白的手套，你不自觉地收了一下，我察觉到你被保养得光洁油腻的皮肤上显出了细微的皱纹。

　　可是你的身份和信息是假的。十个月来你从未收到过任何信件。没有像那些出入歌剧院的贵妇一样一边喝下午茶一边打开远在海外的密友寄来的信。

　　你所收到的，只有一摞一摞的账单，来自成品衣帽店、当铺、杂志社，有时我会将它们送到你的房里。当你知道这是讨人厌的账单后，你有失风雅地跷着二郎腿克制不住地烦躁，快速地翻动着手里的《沙龙仙子》，指甲在桌上扣了扣。"放在那儿吧。"你尽量显得礼貌而有教养，尽量把局促从欠款单上挪开。

而这是我最雀跃的时刻——我是指我能去你的房间的时刻。我看见梦中出现过无数次的裙子此刻正旖旎地摆在天鹅绒上。我的眼睛一刻也不离开它，一秒也不可以。你像突然想起了什么一样，抬头对我说："你能帮我拿去洗一洗吗？这上面有红酒渍，大概是碰到了红酒杯。"你解释着，手指指着白裙子。我忙不迭地答应下来，你把它用蓝丝绒包裹好，递给我，像是给我一份精美的圣诞礼物。

要对你说什么好呢？我那时十七岁，我就那样狂喜地抱着你的裙子一路小跑着钻进自己的小角落里——那个堆满需要清洗的白床单的小房子里。

我本应该直接把它送给洗衣服的员工。可是，我太喜欢它了，我几乎被快乐冲昏了头脑，仿佛就算下一秒我就会因为欺骗你而粉身碎骨也不在乎。我就那样鬼使神差地把它拿出来，放在身上试了又试，转了一圈又一圈。因为穷，我没有穿过什么好衣服。

要是我有一条裙子该多好！我似乎听见了自己内心的渴望。我把那张缀满鲜花和金线的请柬拿出来看了又看。

事实上，我从酒店邮差手上接过这张请柬后，我就把它收了起来。这张精致的请柬上清清楚楚写着你的名字：朱丽叶。

这名字，就如同你一样美。

你们嬉戏着，我却在忙碌；你们谈笑风生，而我却只能永远在拾掇。你们扎着白色的方巾在古龙香水里穿梭，你们把一切作为儿戏，你们乘着小轿车出入各种金碧辉煌的歌厅，仿佛你们正值十七岁。

我带着对你、对你们的嫉世愤恨，理所当然地穿起了这条裙子。

我按照请柬上所写的地址走进了一个我从来没有看到过的世界。

我的手腕上挽着蓝色丝绒，眼神像野火一样掠过男人和女人。你也是如此吗？日日夜夜在上流社会的酒会和舞会里流连忘返，男男女女像飞蛾一样穿梭在香槟酒、华尔兹、探戈、骨牌里。玫瑰色的丝绒从天花板上垂到打了蜡的地板上。我似乎站在天上，比任何人都高冷——我一定是醉了。

"你好，美丽的金发女郎。"一个绅士笑着向我走来，"我能为你这美丽的脸蛋做点什么？"

"和我跳支舞吧。"

那支舞真是美妙啊，让我忘记了叠不完的被单、洗不完的浴袍和擦不完的酒杯。仿佛这支舞可以让我从白眼和鄙夷中一跃成为上流贵妇，我忘乎所以。

跳完舞，他陪我坐在沙发上，他突然起身，掬起不一样的笑容。

"你真是像极了一个人。"他掬出一支笔，变戏法地从口袋里掬出一块方巾，飞快地留下一串数字，熟练地用当下最流行的方式悄悄放进我的口袋。"这是我的地址，我想我一定还会再见到你的，小甜心。"

刹那间，我想起了你，你的每一个动作、每一个表情在我面前浮现。你的金发和你稍显疲惫的脸，还有那种焦虑的担惊受怕的慌乱表情——尤其是当欠款单摆在你面前时。朱丽叶啊，我亲爱的朱丽叶，你穿着豪华奢侈的衣服招摇过市，却为何在一堆账单面前羞愧、愤恨、敏感？

我不明白，也无从了解。当我知道真正的原因时已经是十年后。我从一个兢兢业业的服务员成了一个满身珠光宝气的寡妇。

正如你所想的，那次夏日狂欢节，人们举着酒杯互相灌醉、嬉笑。也就是从那时候开始，我惊异于命运纺锤车的转动。那时我怎么也想不到如今的我会频繁出现于美容院、沙龙，拥有一柜子一柜子的私人订制的衣服。没有什么比这个更好，有钱的寡妇，年龄合适，风华正茂。

偶尔，不对，是经常，我会莫名其妙地想起朱丽叶，想起那场冒名顶替的改变我命运的舞会。一想起那条被施了魔法的裙子，羞愧和愧疚就油然而生。我的手已经很久没有去搓过衣服，更别说擦地板了。它现在只用于抚摸娇艳欲滴的山茶花，举起精致的白荔枝蜜，翻动情感小说和时尚杂志。我读过很多书籍，我经常被故事情节感动得落泪。你呀你，你多像那个包法利夫人。我一边想着你，一边吩咐女仆将我的裙子抱去清洗——这些人多像当年十七岁的我。

哦，上帝，你问问朱丽叶，问问她是不是还记得当年的我——对上流社会有着仇恨和渴望，同时又被那些保养得很好的女人气得直跺脚；拿着要洗的高级裙子和礼服后忙不迭地跑去洗啊叠啊烫啊。

我这样想着，走向仆人们住的地方。我已经泡在金钱里面太久了，我很久没有呼吸到熟悉的空气了。我其实跟上流社会有差距，因为我知道再怎么故作高雅，我都是一个冒牌货。

我看见，一扇门后一个女人的身影动了一下。她正抱着我的一条长裙忘情地跳舞。她那么投入，全然不顾周边和脚下尽是脚盆、抹布、灰尘，也忘记了自己身上穿的围裙。天哪，这是我吗？这是多年前的我吗？数年前的我，只因一个念头，我偷走了别人的裙子，拿着别人的请柬，去参加了本应该属于别人的舞会，和一个本应该属于别人的陌生男人跳舞。然后在午夜十二点前赶快潜回酒店把别人的裙子脱下来，若无其事地故作聪明地继续生活。直到有一天，那个跟我跳舞的比我大二十岁的男人把我娶回去做了公爵夫人。

我突然记起了你的名片——朱丽叶，三十七岁。虽然后来我知道，你除了名字是真的以外，其余都是假的。有一天我发现你居然付不起酒店的房费。

眼前这个抱着我的裙子跳舞的女人，我有些同情她，我曾经跟她是一路人。

朱丽叶，如果你在这里，你也会为之动容——她似乎想从裙子里找到些什么，她不想让它逃走，最后她开始失声痛哭。不过，马上，她改为了小声啜泣——因为她知道，作为仆人应该这么做。

她病恹恹的脸和骨瘦如柴的身子——朱丽叶，你不能想象她的虚弱——不，你怎么可能看得见，你也许此刻正在参加一场舞会呢。你如果看见她，你也只会厌恶地避开她，生怕她的灰尘弹在你的裙子上。

我有点看不下去了，转身走了。我现在多像你啊，一个冷漠的忸怩作态的所谓贵妇人。

不知过了多少天。我正在花园看报纸，旁边两个女仆在窃窃私语。她们的声音压得很低很低，但是我还是听见了。

"你知道那个洗衣服的女人吗？""她昨晚死了，据说是逼债的人把她打了一顿。她本来就病恹恹的，这一打，根本就受不住，拖了几天，死了。"我的眼前出现了她抱着我的裙子跳舞的模样。原来，她那天哭的是她的债单。

"她死的时候真惨，但是据说她年轻时非常漂亮。她死的时候死死拽住一条裙子，那条裙子，真是夺目无比。那应该是她年轻时的骄傲——她看起来不像一个仆人。她的手里，紧紧攥着一张名片。她在等她的未婚夫来娶她。"

我突然想起你那条缀满花朵的灿烂无比的裙子来了，朱丽叶，我想起你的那条让我改变命运的裙子。

我突然想到门口透透气，我本来可以帮助她，但是我因为把自己当作一个上流社会的贵妇，所以对下人不理不睬。但是听到她的死讯，我莫名伤心起来。

我站在了门口。

突然，我在地板上看到了一条裙子——就是那条我曾经穿过去参加舞会的裙子！我惊讶地大叫一声:朱丽叶！天哪，那是朱丽叶的裙子，是那条让我改变命运的裙子！而那个昨晚死去的女人，就是你，朱丽叶！你的手里攥着的那个男人的名片就是那个舞会上那个男人给我的名片，而那个男人鬼使神差地成了我的丈夫，然后没过几年他因为意外与世长辞，留下巨额财产给了我这个刚满二十岁的年轻寡妇。

我突然明白了，你一直住在那个酒店是为了等他来接你。你没有等到他，所以你的账单高筑。我抢了你的未婚夫，抢了你的名分。其实你才是真正的公爵夫人，你才是这幢豪宅真正的主人。

今天我又梦见了你，我亲爱的朱丽叶。

我哭了，哭得很低沉很低沉……。

只有一个苹果

"好了，孩子们，现在只有一个苹果，而你们有两个人。"我把那个圆圆的苹果放在桌子上，对着我的两个孩子平静地说。

我知道这将是一次难以权衡的实验——我的另外两个同事也将这样面临孩子们扑闪的睫毛和委屈的眼睛。两天前，我们决定：做一个关于分苹果的教育实验。我们三个家庭做着同样的实验，每家有两个孩子，每家只有一个苹果。

现在，我所面对的是，一个苹果、两个对它有着本能获取欲的男孩儿。我的大儿子皮特和他的弟弟罗比正望着那个苹果，打心眼里都想得到。这样的实验对他们刚刚起步的人生也许没有什么重大影响。多年后他们中愤愤不平的一个，也许会记得："哦，那个偏心的妈妈把苹果给了我的兄弟。"这不该是仅此而已，我想。

"我知道你们都想得到这个苹果。"我清了清嗓子，继续说，"现在我们来一场比赛。"

我注意到了他们的眼睛里都流露出不情愿和"为什么不是我"的神情。罗比甚至说："这不公平，我比皮特小。"而皮特却朝着弟弟努嘴，表示他不赞成。

"亲爱的,"我蹲下身子,看着罗比那双蓝色的眼睛,"你比皮特小,如果你赢了,该多威风啊!"

这招很灵,我的爱哭鬼小罗比马上神气了起来,冲着哥哥做鬼脸:"听着吧,皮特,我不一定会输。"

我让他们从房子的一头跑到花园的另一头。事实当然是,十岁的皮特把六岁的罗比甩下一大截。可是令我惊讶的是,皮特看见罗比一脚踩进泥巴里,摔了个四脚朝天,就马上跑回罗比身边扶起他,然后继续跑,把罗比甩出很远。

"嘿,皮特,我或许能赢你。"小罗比爬起来后笑着说。

最后,我一边给罗比擦去身上的泥巴,一边说:"亲爱的,我要把苹果奖励给跑得最快的人了哦。"

我看见他的脸上写满委屈,但是,他没有哭,而以前,他看见一只毛毛虫都会号啕大哭。

"妈妈,我下次一定不输给哥哥。"

另外两个家庭的情况是什么呢?一个家庭选择了引导大的孩子让给小的吃,另一个家庭把苹果分成了两半。我没有评价。

我坚持我的选择,也许它不够好,可是它给了我的两个儿子一个真实的选择。

掉牙

安娜有颗牙齿快要掉了。

那是从左边门牙往右数第四颗，安娜数得很清楚。每次吃过东西，安娜就会觉得它隐隐作痛。这是她换的第五颗乳牙，妈妈说它马上就会掉了。安娜很兴奋——因为妈妈说它掉了，安娜就长大了。

安娜的邻居是一位医生，说起话来金色的胡须颤动，安娜总要为此笑一笑。他说安娜的牙齿马上要掉了，并且祝贺安娜马上会有象征青少年的恒牙长出来。可是当他和妈妈交谈时妈妈脸色突变，接着安娜只听见一声"德国人要来了"。

安娜有一头柔顺的褐色的头发，好看极了，她总是为此沾沾自喜，总是想向好朋友珍妮炫耀一番。可是满脸雀斑的珍妮说："你瞧，你的牙齿快掉了，真难看。"她气冲冲地回家，却听见整齐划一的脚步声，像多米诺骨牌一片一片倒下。她看见了穿着军装的军人，吓得赶快往家跑。她差点以为灌入口中的风会吹掉摇摇欲坠的牙齿。

安娜的牙疼开始发作——因为食物开始紧缺，她和妈妈不得不只吃硬邦邦的面包。"亲爱的，请你再坚持几天，马上就会有糖果和松饼了。"妈妈笑着摸摸她的头，"你的牙齿快掉了，再忍一忍，忍一忍。"

安娜家的窗户被妈妈用过期报纸贴得严严实实，再用钉子钉死，门用柜子挡住。妈妈每天会出去一趟，回来时气喘吁吁又小心翼翼，带回来一些水、饼干、纸巾。妈妈警告安娜不要出门，千万不要。"因为你要为你的牙齿看门，它要掉了，我保证，马上。"妈妈这样回答安娜的"为什么"。妈妈在一天出门后再也没有回来，安娜记得出门前妈妈还吻了吻自己的额头，说："保护好你的牙齿，它掉了，你就长大了，我的宝贝。"

安娜一直等啊等啊，听着外面汽车的发动声、女人的尖叫声、婴儿的哭泣声、枪声、喧闹声，她仿佛觉得自己要晕厥而死了。只有那一点点令她厌倦又惧怕的牙疼，让她清楚地知道她还活着。

安娜再一次清醒的时候意识到这里已经不是家了。这里充斥着硝烟味、焚烧味和刺鼻的气味。这里的每一个人，比如他的邻居、朋友、老师，都哭丧着脸。她的牙齿快要掉了是不是？"小姑娘别担心，一会儿它就掉了。"一位老人对她说，可是马上他就被粗鲁地带了出去，枪声随后响起。

安娜哭了，可是她不敢哭出声，牙疼和恐惧伴随着她。幸运的是，不久这个人间炼狱被一群同样身着军装的人给解放了。这个犹太小女孩的生命奇迹般地保存下来。

如今她已头发花白，在采访的记者面前，安娜沉默数分钟，突然开口，露出一排整齐的牙齿，而其中一颗缺牙尤为明显——从左边门牙往右数第四颗。

"我又掉牙了，你看。"她笑了，那笑没人看得懂。

她所经历的那段童年的掉牙故事，已成为缄默已久的往事，而她老年时的掉牙故事，却常常被她津津乐道。

那些沉痛的往事如那颗牙齿，总有一天会坠落不见，但它所带来的历史疼痛记忆永远不会被磨灭。

朗姆之夜

　　我打算喝半瓶朗姆酒清理一下头绪，然后动手干掉另一个我。说实话，有时连我自己也分不清哪个是我，哪个是他。我可能有点醉了。我创造了他——SK-116，SK-116是他的名字塞缪尔·基特的缩写。

　　我是塞缪尔·基特本人，一月十六日出生，我从事人工智能开发的研究工作。

　　他是我最杰出、最完美的作品。他和我一样爱抽加利船长牌的雪茄，和我一样喜欢在阴雨天里撑一把伞骨坚硬的大伞出门溜达，和我一样喜欢竖起黑色的风衣领扮酷，和我一样支持同一个棒球队，和我一样讨厌看每周六的早报。

　　我们每天早上同时出门，互相与对方礼貌地说"回见"——我们都知道这样足够绅士。而心知肚明的是，我的胸膛里是鲜活的红色心脏，而他的胸膛里不过镶嵌着一片片两英寸的芯片。但此时此刻我的思维，也正是他的思维。

　　这朗姆酒味道不赖，于是我怂恿自己又喝了一瓶。好了，塞缪尔，对你那伟大的复制品的温情到此为止，你知道他干了些什么坏事吗？

记得那个诱人的项目设计图吗？那本是你的，可他早你一步拿到了。记得他对你说了些什么吗？"抱歉老兄，可你不是我，你无法左右我的思想，就如你无法掌握自己的思想一样。"

这个自私的愚蠢的芯片！他忘了年前夏天发生过什么吗？那个狭小的实验室里，我亲眼看见他拿枪指着那个垂垂暮年的老教授。老教授嘴里念着"这个世界疯了，这个世界疯了"，在白色胡须的遮拦下断断续续地念叨。老教授倒在血泊中的那一刻，SK-116转头看着我，满脸是血。他将枪放在我手中，然后若无其事地扬长而去。十天之后，他出现在了另一个大洲的某个海滨度假滩上。

每当我照镜子时，我总想找到利器将我的脸画花——画花这张和那该死芯片一样的脸。我喝了一大口酒，想着要不要抽支雪茄，再去找一把柯尔特左轮手枪。我思考着我该如何毁灭他胸膛那一片片我费尽心血制成的、有关我全部思想的芯片。我想听那声清脆的金属撞击声。

我找到了打火机，也找到了那把枪。我点烟，足足点了三秒才把它点燃，然后往他可能在的房间方向走。我撞到了门旁的衣架，掉下来的西装领带和黑礼帽提醒我要注意绅士的行动守则。

我推开了虚掩的门，他出现在门后，手里握着柯尔特左轮手枪。

我开了枪。镜子碎了，惊讶之余我赶快又喝了一口朗姆酒。

你该去看看那篇报道。那是几年以前的旧报纸，现在已经不容易找到而且有点旧的报纸。我记得是叫"克隆机器人枪杀本人案"，写得挺好的。

"科学家塞缪尔·基特一直认为自己是那个创造克隆机器人SK-116的本体，某天塞缪尔·基特喝朗姆酒喝醉后出现一系列幻觉。由于塞缪尔·基特认为机器人SK-116与他自己长得一模一样，却总为自己制造麻烦，经常利用自己帮他背黑锅，甚至还闯下了杀人的大祸，于是被逼无奈的科学家起了杀意。到最后开枪才发现，一切都只是幻象，

　　而且他发现自己几年以前就已经将创造自己的那个真正的塞缪尔·基特杀死了。现在的塞缪尔·基特就是SK-116，因为SK-116也就是他，在他被创造之初就有了和本体一样的大脑和思维。塞缪尔·基特一直认为自己是塞缪尔·基特本人。可实际上，塞缪尔·基特就是那个自己所想杀掉的克隆机器人SK-116。"

　　"报道写得非常精彩，不错。"在一个机器人云集的大型科研所，一个机器人一边赏析着以上这些文字，一边喝着朗姆酒，"机器人和人类本身现在已经分不清谁是谁了，哈哈，这就是我们所需要的效果，哈哈。"

　　这样的朗姆之夜真是扑朔迷离。

维纳斯之心

"我妻子很美。七月初七是我们的结婚纪念日。这一天是中国传统的七夕节，我们选择了在这一天结婚。

"结婚一周年时，我送给她一条价格不菲的项链作为礼物。

"但送给她这份礼物的前提是，她永远不可以戴上它。她当然对此无比纳闷。可面对那条珍贵的璀璨项链，她只好选择极力忍住不问我为什么。

"又过了十年。七月初七，在我送她项链的同一天，也就是我们结婚十周年纪念日时，她告诉我她怀孕了。我欣喜若狂，因为之前我们一直没能怀上孩子。我明白不孕的原因是我的生命基因与众不同。不幸的是我们的孩子未能出世就流产了，我也明白是因为我的生命基因与众不同——我来自 1d 星球，我的基因不适合在地球上繁衍。我妻子整天郁郁寡欢。

"又过了十年。七月初七，在我送她项链的同一天，也就是我们结婚二十周年纪念日时，我告诉她，那条我送给她的项链其实是类似地球的一颗小行星上的液态水晶体量子化合物，被浑然一体地浓缩成了

她脖子上的这条项链。我还夸张地告诉她那颗美丽的蓝色小行星和她的眼睛一样深邃。她瞪大她那双温柔的大眼睛，兴奋得说不出一句完整的话，只是紧紧抱住我喃喃私语，告诉我她又怀孕了。我当然不会告诉她，那条项链是我从1d星球出发前在1d珠宝店里偷来的，我也不会告诉她，我在思念自己四十光年外的家乡。"

讲述这个故事的主人公叫劳埃德，刚刚从地球被抓回来。他被隔离在玻璃审讯室里，正回忆着他的地球之旅罗曼史。这个中年男人沉浸在往昔，灰褐色的眸光充满思愁。

新调来的速记员黛安是我的孪生妹妹，她一边迅速地记着被告人的陈述一边悄悄问我："他为什么要被审讯？你今天的声音怎么听起来这么不对劲？"

黛安对这里的一切尚不熟悉，所以我告诉她："三周前，他被指控在陈列馆偷了一条罕见的项链，然后悄悄去了地球。"我把可以隔着玻璃对话的能量分解器麦克风移开，低声告诉黛安。

黛安轻轻地"哦"了一声，继续低头记录，硕大的眼镜框挡住了她大部分五官。我清了清嗓子继续我的审讯工作，冲着劳埃德问道："后来呢？"

"你说我妻子吗？她突然莫名其妙地失踪了，就在我告诉她项链来历的第二天。"

黛安猛地抬起头来，她长得跟我一模一样，有一双和我一样非常诱人的蓝色眼睛。劳埃德盯着黛安，惊讶得几乎要失控。

"平静。先生，请您完整地叙述偷项链的细节。"我揉揉眼睛，但是我无法自控，我的声音开始颤抖。

他显然没听进我的话，他起身离开椅子，径直朝黛安的方向走去。我叫警员将黛安送出去。我拿出玻璃房的钥匙，迅速走了进去。

玻璃屋子其实是一间专门迎接所有从外星球返回1d星球原住民的

中转站。玻璃屋子里面装有高能量洗礼器，通过成千上万个数据筛选确认来者是不是我们自己种族的同类，因为只有我们的同类才不会被高能量洗礼器所击倒。玻璃屋子里的他依然痴痴地朝黛安走远的方向望去。我知道黛安实在太像她的双胞胎姐姐了。

我再也抑制不住了，动手摘掉发套、面部脸模和变声器，取下变形隐形眼镜，露出真实面容。"我就是那个接受价格不菲礼物的幸福女人，我就是那个戴上项链突然失踪的女人。"我用我深邃的宝石一般璀璨的眼睛望着他。

1d星球上的一周相当于地球上的十年，1d星球是与地球相隔四十光年的一颗行星。直到今天我才知道劳埃德也是乘坐飞碟去地球的1d访问者。我们在地球上偶遇而且结了婚，我们互相不知道对方来自1d星球，我们各自隐瞒着身份在地球上相亲相爱了二十年，我们都互相守着一个关于自己是来自地球之外的星球的秘密。

"欢迎回到1d，亲爱的劳埃德，三十周年结婚纪念日快乐，今天七月初七。"我从口袋里小心翼翼地取出那条亮晶晶的项链，在他惊喜交加的眼眸里，我看见了我自己眼睛光芒的反射。

"那条项链是回归之门，它携带着1d星球的生命基因。我因为好奇而戴上项链，所以就被呼唤回了自己的家园。我一直思念着你。"我泣不成声，劳埃德也泪眼婆娑。

"走，去看看你的孩子。劳埃德，别忘了，我当年不辞而别时正怀着你的女儿呢，1d星球的基因繁殖只有在1d星球才能实现，后来我才明白为什么我们当时在地球时那么相亲相爱却老是怀不上或者流产。她叫维纳斯·劳埃德。"

劳埃德一边激动不已地抱住我，一边再次郑重地给我戴上这条1d星球液态水晶体量子化合物项链——我们给它取名为维纳斯之心。

"因为你对1d星球、爱人及地球的挚爱，1d星球仲裁庭已经判处

你无罪释放。但是维纳斯之心必须归还陈列馆，因为它是我们 1d 星球的爱的代名词！"我牵着劳埃德从落地玻璃屋走出来，呼吸着 1d 星球上氧气、甲烷、臭氧、二氧化碳各成分含量适度的大气，把无价之宝维纳斯之心归回到它应该摆放的位置。

漏网之鱼·二十一克·喘息

一

多年后，我和我眼前的他都那么怡然自得，我们面朝大海。他刚刚过了七十大寿，我也年约半百。这么多年来，我跟他已经心灵相通。

"不被死死缠住的感觉真好，回归自然的感觉真好。"我们的说话漫无边际却又字字含笑。

"我们是从二十一克网漏出来的两条小鱼。"

二

他是传说中的怪叔叔——二十几年前，岛上的原住民这样称呼他。

二十年前这个小岛是偏僻的小渔村。

他悄悄地从热闹的岛中心搬到了小岛最边缘的角落。

他放弃了岛中心祖上遗留下来的值钱大宅子。还有人说他用海螺

声和一些鬼把戏诱引小孩。

我从来没有见过他本人。他们说他长得比钟楼怪人还要冷漠，比山顶洞人还要古怪，总之狰狞可怕。大人说看到哪怕只是他的背影也会倒霉，所以要是无意中斜睨到他的一丁点背影，也要赶快躲到一街区以外去。

可我，一只小海豚，偏偏充满好奇心。我天不怕地不怕，他们越把他描述得古怪，我就越想要去探个究竟。

终于，在一个晚上，我在小岛最偏僻的旮旯处看见了他。正值壮年的他潇洒地把一张巨大的渔网撒进海里。我从背后慢慢屏息接近他，但不敢靠得太近。

"你不怕海螺声吗，小孩？"一个陌生的声音传来。

我停在原地愣住了，一股寒意从我的脚底蹿上来。

"你好，小孩。几年来，你是唯一一个主动靠我这么近的人。"他的声音很平静。他没有回头，但后脑勺似乎长了眼睛一样明察秋毫。

"他们说，看见你的背影就要……"我慌乱得不知所措。

"离得一街区远才好，或者越远越好。"他抢过话头，语气出奇地和蔼。

我鼓起勇气："你为什么会被称为怪叔叔？"

他沉思了一会儿，我猜他此刻在注视海面反射过来的月光，又或许在观察他的渔网有没有被礁石绊住。

"这是个好问题，好孩子。"他顿了顿，一字一句地说，"我相信一定会有人来问我这个问题，我终于等来了你，亲爱的孩子。你信不信？我的渔网可以称出自由度的重量。"

在那个月色极为明亮的夜晚，我望着他手里收缩自如的渔网赶紧追问："你说你称的是鱼的自由度重量？"

"我称的是鱼的或人的自由度重量，或者两者都有。"

"请问，自由度有多重？"我迫不及待地问道。

"二十一克！"他笃定而淡然地说，"但并非所有人都如此！大部分人只有十二克。"

他熟练地收网，熟练地拉网。我赶忙前去帮忙，他犹豫了一会儿，转过头来，冲着我真诚地笑了起来："谢谢你，小孩。"

我对他简直着了迷。后来我经常去找他问各式各样的难题，而他，总是能给我满意的回复。我被称作小岛第二怪人。

"我要退休了。"有一天他郑重地把他的那张可以称出二十一克自由度的特制网传给了我。

十八岁那年我成年了，我成为一个新渔民。我拥有从他那里传承过来的可以称出二十一克自由度的网。我带着这张珍稀的网出海捕鱼，可我每次捕的鱼都是小岛出海队伍里最少的。

我的二十一克网给大海喘息的机会，我很庆幸。

三

几年后。

因为这里的海域网络信号极好，网速极快，我们的小岛突然成了一个 IT 基地，被誉为神奇的中国南海海滨信息谷。来自全世界的 IT 高手都喜欢到我们这里来定居。没多久，这里便成了互联网高手云集的大本营。这里的生活节奏异常快，经常传来不好的消息，比如哪个 IT 大亨猝死。

四

再过几年，我有了自己的三个孩子。

在我小女儿十六岁那年，我讲起那个夏天发生在我和怪叔叔身上的故事。

小女儿是个好奇心很重的小姑娘，这点和她当年的父亲极其相似。

"后来呢？"她瞪大眼睛问我。

"亲爱的，"我摸着她的黑头发，"并非每个人的自由度都有二十一克，事实上，只有很少一部分真正善良并且有梦想的人才会拥有二十一克的自由度。"

"包括您，爸爸。"小女儿抢着回答。

"当然也包括你。"我低下头吻了吻她的额头。

我告诉我的孩子们，他们的父亲在十六岁那个月光如水的晚上突然成熟了。他们的父亲，我——小海豚，发现了那个被称作怪叔叔的人手中渔网的奥秘——在那张巨大无比的渔网上面，布满很多拳头大小的洞，而这些洞正好可供幼鱼钻出去。

"你知道，小孩，"怪叔叔那双睿智又慈祥的眼睛看着我，说，"岛上所有人的渔网都又细又密。作为渔民，他们不给海洋一点点喘息休养的机会；作为渔民，他们把幼小的鱼苗也一网打尽。他们不知道怜惜。"

我和我崇拜的怪叔叔靠得那么近，以至于能闻到他身上大海的咸腥味。我说："您的自由度是二十一克。我也想像您这样有二十一克的自由度。"我居然情不自禁地把"你"换成了"您"。

我告诉我的孩子们，在那个没有风吹起海浪的平静夏夜，我们是两个别人眼里的疯子，我们面朝大海呼吸着清新的空气。

五

又过了几年，因为临海且水上交通极其方便，小岛又成了一个远近驰名的旅游胜地。很多游客在完成了高强度工作之余坐飞机来到我们这里观光打鱼。我开了一家专卖店，专营一种可以漏出幼小鱼儿的网，店名就叫"二十一克自由度客栈"。众所周知，我卖的网与众不同，在每张巨大无比的渔网上面，布满很多拳头大小的洞，而这些洞正好可供幼鱼钻出去。我的两个女儿帮我打理这家店子，店子生意兴隆。

每当游客们收网时，看着那些漏出来的银色或者金色的彩色小鱼儿还在活蹦乱跳，他们都会惊喜不已。他们把小鱼儿放回大海，因此而体会到了把生命归还给海洋的快感。

这时，我和我的孩子们相视而笑，阵阵海风扑来。

六

我二十二岁的儿子是一个互联网专家，他每天和庞大无比的计算机数据打交道，他年纪轻轻就有了白发。他似乎没有时间休闲和娱乐。他说很多事业有成的人都这样马不停蹄、夜以继日、废寝忘食，不光是他们这个行业的人。

"上帝是一张网，他总会给想喘息的人留一些喘息的缝隙，如果你想。"我的儿子说，"生活也是一张网，这张网如果织得太过于密集就会绷破，所以有时需要喘息，有时需要放松，有时需要有一点点漏洞，需要缝隙。""我们被捆住的东西太多，被困住得太久，就需要二十一克自由度。"

我和我的孩子们，还有我的七旬怪叔叔相视而笑。我们是海的子孙。

今天是什么日子

　　星期六的上午，与任何一个美好的周六上午别无二致。我开着车，而后座坐着我的女儿简。

　　像往常一样，她的母亲为她穿上苹果绿的连衣裙和白色童袜，在她的书包里塞了几片面包和一些草莓果酱。只不过这次装得更多，出门时给她的吻更深，拥抱更紧。同时，她母亲看向我，她的眼神迷茫而空洞，像迷雾中枫树林里失去方向的鹿。

　　我拉着女儿的手走向车停放的地方。

　　"爸爸，今天是什么日子？"有着稚嫩嗓音的漂亮女儿忽然看着我的眼睛问。

　　"周六。"

　　"爸爸，今天是什么日子？"过了一会儿，有着稚嫩嗓音的漂亮女儿忽然又看着我的眼睛问。

　　"周六，亲爱的。"

　　我为她系好安全带，然后回到驾驶座发车。指示灯闪烁着，我抬头望向后视镜里的简，她呆呆地盯着窗外，眨眼时睫毛扑闪扑闪像有蝴蝶在吻她的眼睛。

　　第十二个十字路口时，我打开地图确认了方向，然后等待红灯。我不知道如何向我的孩子开口，如何向她解释家里的窘境以及感恩节后的催债单和银行发来的借贷凭条。我无法让她明白：我们要分开了。因为她永远都长不大。

　　我的女儿，我的简，这个有着柔顺金发的姑娘，她永远长不大，永远不能像同龄孩子一样正常成长。

　　"我要告诉你们，她只是被上帝咬了一口，上帝太爱她以至于他不舍得她从他身边离开。"发现她与他人的不同后，医生把情况告诉了我和我的妻子。

　　很多年来，我们把简当成其他孩子一样，尝试过送她到学校。可上学第一天，我就发现那些小孩嘲笑我的简："她是个智障，是个疯子。"但是我的女儿毫无觉察，她回到家时抱住我傻乎乎地撒娇，而我深爱着她柔软的香波味头发。我妻子哭了很久，从此我们再也没有把女儿送到学校。妻子在那一天把她所有的情绪毫无保留地宣泄出来，她摇晃着简，不停地歇斯底里地边哭边狂叫："为什么你是个傻子，是一个傻子！"简毫无表情地说："妈妈你别哭。"于是，简无缘无故挨了一个耳光。

　　但是她是不会记仇的，因为她根本没有记忆。她经常忘记自己是谁，忘记我们是谁。多少次我几乎要对她吼出来，但是看着她的柔顺金发，我的抱怨就好像拳头打在棉花糖上，像失意潦倒的青年在晦涩的桥洞上涂鸦一样无奈而愤恨。

　　"爸爸，你知道今天是什么日子吗？"

　　我慢慢开动了车，随着车流移动。这就是她，一次又一次重复一个蠢问题直到把人逼疯。

　　"十二号，简，周六。"我大声说。

我再一次确认了收留站的位置。我想起昨晚和妻子的谈话。

"罗伯特，我们没有其他办法了，这是最好的。"我妻子看着账单和医药费催款单，声音哽咽。

"他们会对她怎么样？"

"我也不知道，"她把手埋起，"我爱她，我爱她，上帝，为什么会是她，偏偏是她，我的简。"

"我也爱她，夏洛特。"我看着泪流满面的妻子，沉默了很久，最终只说出了几个字。

我厌倦亲戚朋友对我们这一家怪胎指指点点，厌倦了身边一些小孩对我的女儿指着鼻子说："瞧，这就是那个倒霉蛋。"厌倦了十六年来去商场买礼物时永远只能对着玩具柜的售货员说："一个芭比娃娃。"

可我依旧爱她。爱我的女儿，我的简，她永远长不大，她没有智商。但我依然爱她，因为她是我的简。

我闭着眼睛，深吸了一口气。到了，收留站就在眼前。

她不知道会发生什么，哪怕她再大一点，再过十年二十年，她也不会知道。在一个风和日丽的周六上午，有一些孩子在踢球，而她的父母不得不把她遗弃在收留站来缓解拮据的家庭收支。我也不知道将会发生什么，上帝的确太不公平。

我把头靠在方向盘上，然后打开车门。

在这一瞬间，我回忆起关于我女儿的一切。她的出生，她第一次学会哭，第一次被人欺负，第一次剪头发，第一次学会在父母为她吵架时吞吞吐吐地安慰父母。

她只是被上帝咬了一口。

"爸爸，你知道今天是什么日子吗？"

我回头看了看简。她穿着苹果绿的连衣裙、干净的白筒袜和黑色皮鞋，安静地坐在后座上，显然她对接下来要发生的事情一无所知。

　　她没有记忆，她永远只知道反反复复地问同一个问题。我没有回答，很久，我才克制住自己的情绪。

　　"周六。"

　　"今天是你生日。"她抢过我的话端，脸上是小孩子恶作剧成功后的俏皮和狡黠。

　　一直以来，我对智障有着愤怒和委屈。我做梦都希望我的简会一天天长大，然后变老。可是她永远是个孩子，是在森林里迷路后再也找不到家的天使。

　　我回头看了看，简呆坐在后座，仿佛之前的一切都是幻觉。

　　"爸爸，你知道今天是什么日子吗？"

　　十分钟之后，她又恢复了之前的状态。她的脑子里有一个漏斗，凡事都只是经过一下就会被漏出去，她没有记忆。可是她居然记得今天是我的生日。

　　我一边寻找回家的路一边答非所问。不一会儿，我把收留站抛得远远的。这个时候，手机响了，是我的妻子，我没有接通。我心里只有一个念头，带她回家。

　　这个时候，简又开始问我了："爸爸，今天是什么日子？"

不完美

　　没有人知道他是谁，也没有人问过他来自哪里。他太不起眼，驼背、矮小、穿着寒碜、皱纹纵横。总之，他的生活应该是很拮据的。如果走在川流不息的人行道上，根本没人会注意到他。在一所高中教学走廊里，他的出现很显眼。他猫着腰穿行在学生之中，熙攘的人群几乎将他矮小的身材给淹没。他用骨节突出的手在墙角的垃圾桶里窸窸窣窣地翻找着——找那些他精心选出的空塑料瓶，像是寻找落日下的珍宝。

　　他经常穿梭在校园的各个角落、各个楼层、各个班级之间。我们偶尔也能看见他窝在座位一旁，抬起头问我们有没有空矿泉水瓶。他的声音不大，正好够我们听见；头抬得不高，却足够让我们看清楚他的面容。也许是因为他眼睛里写满了和他这个年龄不相符的胆怯，又或许是他那总与黑色回收袋和塑料瓶相随的单薄身影，触动了同学们心中的弦。不知道何时，在教室的垃圾桶边的墙上出现了一张便签贴——请大家把喝完的矿泉水瓶、饮料瓶都收集在这里，方便老爷爷来拿走。有人在这句话后面跟着画了一个笑脸。

　　我们拿不准老爷爷有没有看到这些变化。很多人突然都喜欢上了喝矿泉水——因为只有喝了矿泉水才会有更多的空瓶子出现在垃圾桶里。没有人再像初次见到他一般感叹他弯腰捡空水瓶的背影是多么令人同情或怜悯，而是在他一走进教室就马上塞给他空水瓶。似乎我们与他之间产生了一种平等的默契，哪怕如今我们对他依旧一无所知。

　　在某个晚自习的中途，我和两个同学因故下楼，再跑回教室。途中，听见一声怒斥："跟你说过多少回了，不要再在教学楼里游荡，影响秩序，影响形象。"那是一位一贯平易近人的校领导，衣着得体的他使劲地揪着捡空瓶子的老爷爷的上衣。相比之下，老人显得笨拙又寒酸，那双眼睛空洞无力，像是有人看一眼就能通晓他过去的全部艰辛和沧桑。

　　校园在夜色中很美。整座大楼灯火通明，老人被拽得越来越远，直到视线之外。我们三个同学互相对视了一会儿，又继续走完剩下的台阶。在这个过程中，谁也没有说话。这是个有着温柔月光的夜晚，却有个不完美的故事结局。

泉

在一口泉眼边，埋着一颗白玉兰树的种子。

这种子或许是被风吹到这里来的，或许是被哪个顽皮的孩子给扔到这里的。日子一天天过去，种子萌芽了。人们总是说，这是一株命苦的树。

泉眼早已枯竭，留下了一口干井与四周贫瘠的土地。

一日，有个红衣女孩走到这儿，看见这株萌芽的树，叹道："好可怜的树啊！"

她摇摇头，望着它，眼里充满怜爱。

第二天早上，起了大风，天上弥漫着雾。那缥缈的雾中有一个火红的身影匆忙向前跑去，像一团火焰。原来是女孩，她手里紧攥着什么东西。

她停在井边，不走了。她蹲下身来，摩挲着那株小芽。她把手中的东西往小芽四周倒，我看清那是一包土，一包早晨新挖的土。女孩转过头，与我的目光相遇。她的眼眸中闪现着几丝笑意，充盈着纯真。女孩又转头看向小芽。

雾渐渐消散，女孩依依不舍地回去了。

之后的几天，女孩都会看玉兰树。每次来，都要带来一包新土，或是几瓶水。我发现，她对玉兰树十分珍爱，与它对话，与它打招呼，每次都带着一成不变的如水眼神。她的眼中似乎没有一丝杂色，正像泉水那样，毫无杂质。

有一天，窗外下起了小雨，我没有看见女孩的身影，心中似乎少了些什么东西。我撑开一把伞，踏入雨中。到了泉边，我看见了女孩。她换了一件银白色的衣衫，匍匐在土边。银白色衣衫染上很多泥水，肮脏不堪。但她还是有那种泉一样的眼神。

之后好几个月我都没有再去，但是我知道女孩一定会在那儿，守护着那株玉兰。

后来听别人说，她好像病了，也许，再也……不会回来。

泉眼冒出了泉水，玉兰树长大了，开出了朵朵白花。那影子映在井中，像女孩的眼，泉水的心。

也许，她早就知道自己身患疾病，她是在用白玉兰来延续自己的生命吧。

玫瑰

　　咖啡店里，四处弥漫着馥郁而浪漫的香气，窗角边有一个法式普通土钵，土钵里长着两枝玫瑰。她们互相缠绕，依偎而生。她们来自于希腊狄安娜神庙。

　　猩红的那枝叫厄忒妮，雪白的那枝叫玛利亚。两枝来自异域的玫瑰美丽得令任何妙龄女子羡慕。

　　厄忒妮有着娇艳而不羁的美貌，她很爱说话，玛利亚则只是在一旁倾听着。

　　厄忒妮放荡地笑着，说："听着，玛利亚，你我的美貌胜于凡人亿倍。为何甘于屈身在这小小的破土钵？我的基因中流淌着阿尔忒妮芙的高贵血统，怎会这般受人污辱？"

　　"消停点儿吧，"玛利亚皱了皱眉，平静地说，"我已经满足了，你也知足点吧。"

　　说完，她撇过头去，凝视窗外暖暖的阳光。她很享受这里的安逸，她的内心充实而幸福。

　　从早到晚，每个幸运的人都能目睹她的风采，并由衷地发出羡慕的赞叹。人们诚挚的喜爱，这已经让她满足于生活的宁静与祥美。

"你值得这样吗？"厄忒妮嘲讽地笑。

玛利亚喃喃自语："我愿意。我很快乐，很幸福。"

耳边又是一阵妩媚而妖娆的嘲笑，忽然又停住了。厄忒妮说："那好，你走你的康庄大道，我过我的独木桥，两不相犯。"

她坚定地挪了挪身子，努力将自己和玛利亚分开，又毅然将自己折弯。

"你干什么，这样你会折断的。"玛利亚大呼。

"我有我的天神保护，轮不到你插手。"

玛利亚叹了叹，没说什么。

这时，一个小男孩跑过来，蹦蹦跳跳地停在花钵前。他爱抚地看了看玛利亚，又瞧了瞧几乎折断了腰的厄忒妮，伸手轻轻将厄忒妮的花瓣一片一片撕下来。

玛利亚心有余悸，瞥了一眼已落红满地的厄忒妮。厄忒妮已不复存在了。她心痛极了，慢慢地似乎明白了什么。

此后，她一个人独秀于花钵，依旧沐浴春风，接受赞美。她以自己最美的姿态面对人们，心中却愈发淡泊功利，宁静、充实。她愿意将所有奉献于与她相关或不相关的人。

花钵问她："想不想再回到那高贵庄严的狄安娜神庙？"

玛利亚笑笑，摇头说："不，我想我愿意留在这里。我满足而安定。"

后记

有趣的灵魂千姿百态

我是一名看上去有点不伦不类的理科生，但我觉得我更像是一个在眯着眼仰望太阳的艺术生。

于我而言，艺术气质似乎与生俱来，与我的生活息息相关。

我携带着艺术的基因，流淌着艺术的血脉。

我出生在一个艺术家庭，外婆是一个中学的音乐老师，妈妈艺校毕业后从事舞蹈教育工作多年。作为一个舞蹈教练的女儿，我从小看见妈妈在练功房里压腿劈叉，耳濡目染肢体语言的魅力。

我从五岁开始学钢琴，并与之结下不解之缘。坐在琴凳上享受从指尖流淌出来的纯净乐曲实在是一件幸事。父母从来没有要求我成为一个钢琴家，他们只是希望我能从钢琴的旋律中浸润高雅情操。

舞台是我的一部分，我似乎天生属于舞台。只要镁

光灯下的红色幕布一拉开，出现青涩的我，我便口若悬河，幽默而淡定。我主持过两届舞蹈展演、两届国际交流会，还有各类大大小小的文艺演出。每次落下帷幕之时，同伴们都会冲上台拥抱我，那时我以为自己就是最幸福的人。我曾参加三届湖南卫视春节联欢晚会。第一次是六岁时给宋祖英唱《山路十八弯》伴舞，第二次是九岁时与李宇春同台做雕塑一样的陪衬，第三次是十一岁时参演大型集体舞蹈《嫩荷》。我都不是主角，只是跑龙套的角色，但是这些经历开启了我对舞蹈与主持的探寻追梦之旅。

我压根就没有考虑过将来要成为一个画家，但是绘画梦似乎深入我的骨髓。绘画这个拥有神秘感的技能，光是用唇齿朗读出来，都是一首旖旎的诗。我以纸笔为媒介，在一笔一画中，慢慢进入到这个深不见底的大千世界。绘画是一面心灵的镜子，可以照出一个人对生活的热爱。正因如此，我热爱每一个风格不同的画者，爱他们作品里异彩纷呈的新奇天地。

凭着这些真挚，我感觉到了我与那些艺术生不同的特质。

我家的墙壁四周都是触手可及的书柜，我家最值钱的地方就是三间古色古香的大书房，藏书颇丰。我读过很多同龄人不熟悉的著作、对中外作品的风格均有了解。这也许是我能把文字运用得游刃有余的主要原因之一。我用笔将文字穿针引线，织成能传情达意的篇章，文字会不约而同地钻入我的肌肤，进而浸入我的骨髓。有的浪漫有的无华，美好的作品正开着花蕾，散发着馥郁的芬芬。只要一提笔，自然而然我就会在笔尖落下一串串令人惊艳的音符，字里行间全是四季里最难忘的芳踪。

　　考场作文、日常随笔、赛场征文，这些似乎都水到渠成。创新作文大赛、叶圣陶杯、北大培文杯、文心雕龙杯、希望杯、中国中学生作文大赛、语文报杯、周有光杯……参加这些文学大赛的初赛、复赛、总决赛，一看到题目，我的脑海中就马上架构出五彩桥梁，转而用手中的笔墨写出精彩世界。获奖当然是快乐的，但是写作过程更是令人陶醉。这些历练让我一次次见识文字的灵性。我写得最多的主题是爱，人与人之间的爱——人与物之间的爱。大爱无边，小爱缠绵。我生活在一个充满爱的世界里，我认为爱是一切的核心。

　　艺术是无学科界限的，我与它情投意合。

　　我跟一般主修艺术的同学不同的是，我是一个理科生，我的思维有如错综复杂的网络。我喜欢从不同角度去发现并创新。茫茫宇宙和庞大的星辰，巧夺天工的色彩、奇妙而严谨的数字，简洁又精致的数学定律、严谨又工整的物理公式、美得像绘画颜料的化学试剂……这些都蕴藏艺术的宝藏。很多科学家也是天马行空的艺术家，同时艺术也是诞生科学的土壤。我是一个理科生，我觉得科学同样妙趣横生。我要改变人们认为理科生刻板的印象，我要告诉人们其实理科生也是很有浪漫情怀的。我从不同的角度去发现艺术的美。我制造各种机器人让它们的眼睛亮闪闪会说话，我把模型飞机的翅膀设计得别具一格。我的科幻科普故事成为同学们茶余饭后的谈资，我勇敢地参加奥林匹克化学竞赛、数学创新基础学科大赛、创新实验大赛，我把理科生的生活捣鼓得有滋有味。

　　我与传统文化心心相印。冰冻三尺非一日之寒，我的脑海中装着"四书""五经"。在诵读《诗经》《楚辞》《古文观止》等典籍时我感觉

到清风徐来……我曾随父母一起到各处采风，感受世界各处的风土人情和一草一木。在纵情歌唱和表演《刘海砍樵》《女驸马》等戏曲时，我为中国文化而倾倒。

异国文化是我的必修课。也许天生有一股闯劲儿，我走过十几个国家和地区。泰国的黑屋白屋博物馆安静淳朴、新加坡的双子星塔时尚大气、马来西亚的马六甲雄伟朴实、柬埔寨的吴哥窟壮美永恒、韩国的清川溪雅致美丽、纽约的华尔街忙碌繁华……我或跟旅行社或跟随父母或独自出行，读万卷书行万里路，旅行为我打开了一扇窗。

我去过耶鲁、麻省理工、哈佛、普林斯顿等名牌大学，在这些名校里我看到了图书馆里辉煌的灯光。2016 年，我与我的二十六个雅礼同伴一起去美国纽黑文市福特中学做交换生。我触摸到中西文化的碰撞。在这次对外交流活动中，我被评为中美文化交流大使。在福特中学，我带去了我自己设计的中国舞蹈，做了关于旗袍的主题讲座。在讲座现场，我让一个小女孩穿上我亲自设计的旗袍，全场为我的创意鼓掌。在交换家庭杰登家里，我和杰登的爸爸——耶鲁大学的建筑设计师成了无话不说的好朋友，他鼓励我成为一个杰出的建筑设计师，还郑重地送我一本建筑书。在 2017 年 3 月杰登回访中国时，杰登的爸爸又给我带来了一套建筑书。这些，都让我越来越想成为一个建筑设计师。这些异国经历让我想成为一个有翅膀的人，我尽力让自己开阔眼界，看到大千世界后方知道天外有天。

我从小阅读外文杂志，外文杂志就像磁铁一样吸引着我。每到一个国家，我都要去他们的书店逛逛，买下一堆的原版书籍。2017 年 8 月，我在北外进行了为期十二天的英语特训和测试，在演讲、辩论、笔试等一轮一轮磨砺中，我感觉到了英语的魅力。我还自修西班牙语和韩语，那是因为，我发现掌握一门语言不足以了解世界。

我没有想成为一个艺术家，但是我每天都在与精灵一般的日子翩翩起舞。我明白哪怕最小的成功也不可能一蹴而就，所有的赞叹都需付出不懈的努力。我到北京大学参加艺术学暑期学堂也绝不是为了拿到一块进北大的敲门砖，仅仅是因为喜欢艺术，希望能向优秀的同伴学习，仅此而已。我绝不是天资最聪颖的一个，但是我愿意付出比别人更多的汗水去成就更好的自己

感恩我的高中雅礼中学，感恩我的初中南雅中学，感恩我的小学清水塘小学。快乐学习十二年，三个不同阶段的校园里的一草一木都是我成长画册上最美好的插图。感恩我的各位恩师，在成长路上鼓励我、指导我、扶持我，希望有一天我能用我的努力回报亲爱的母校和敬爱的老师们。

谨以此书，记录我的少年时光。

龚暄婷

2018 年 6 月

图书在版编目(CIP)数据

时光岛 / 龚暄婷著. —长沙:湖南少年儿童出版社, 2018.7 (2019.7重印)
ISBN 978-7-5562-3714-2

Ⅰ.①时… Ⅱ.①龚… Ⅲ.①散文集—中国—当代 Ⅳ.①I267

中国版本图书馆CIP数据核字(2018)第029039号

Shiguang Dao

时光岛 NEVER LAND

总 策 划:吴双英	**责任编辑**:熊　楚　吴岚冲	
建筑插图:龚暄婷	**封面设计**:罗俊南	
媒体支持:潇湘晨报　红网　大湘网	**装帧设计**:周基东工作室	

出 版 人:胡　坚　　　　　　　　　　**质量总监**:阳　梅
出版发行:湖南少年儿童出版社
地　　址:湖南省长沙市晚报大道89号
电　　话:0731-82196340 82196341 (销售部) 82196313 (总编室)
传　　真:0731-82199308 (销售部) 82196330 (综合管理部)
常年法律顾问:北京市长安律师事务所长沙分所　张晓军律师

印　　刷:长沙新湘诚印刷有限公司
开　　本:880mm × 1230 mm　1/32　　**字　　数**:210千
印　　数:10001-13000　　　　　　　　**印　　张**:7.75
版　　次:2018年7月第1版
印　　次:2019年7月第2次印刷
定　　价:32.00 元